U0329969

俄苏文学经典译著·长篇小说

卡泰耶夫 (1897—1986)

又译为卡达耶夫，苏联小说家、剧作家、诗人。生于敖德萨一个教师家庭。参加过十月革命和国内战争，1919年复员后，为《南方罗斯塔》撰稿。1922年迁居莫斯科，从事专业创作。1958年加入共产党。代表作《盗用公款的人们》《无法解决的问题》《雾海孤帆》。著有回忆录《圣井》和《创伤的一生》。评论者认为卡泰耶夫是果戈理之后唯一的讽刺作家。

小莹 (1891—1969)

即姚蓬子。浙江诸暨人。原名姚方仁，后改为姚杉尊，笔名小莹、姚梦生等。1930年参加"左联"。1938年参加中华全国文艺界抗敌协会，并与老舍合编《抗战文艺》，曾在国民党政府军委会政治部文化工作委员会任职。后在重庆创办作家书屋。著有诗集《银铃》《蓬子诗钞》等，译有《我的童年》《盗用公款的人们》。

俄苏文学经典译著·

长 篇 小 说

Russian

Literature

Classic.

NOVEL

Растратчики

Kataev

盗用公款
的人们

[苏]卡泰耶夫 著

小莹 译

图书在版编目（CIP）数据

盗用公款的人们 / (苏) 卡泰耶夫著；小莹译. —北京 : 生活·读书·新知三联书店, 2020.5
（俄苏文学经典译著·长篇小说）
ISBN 978 - 7 - 108 - 06738 - 8

Ⅰ.①盗… Ⅱ.①卡… ②小… Ⅲ.①长篇小说—苏联 Ⅳ.①I512.45

中国版本图书馆CIP数据核字（2019）第298911号

责任编辑　陈丽军
封面设计　樱　桃
责任印制　黄雪明
出版发行　生活·讀書·新知 三联书店
　　　　　（北京市东城区美术馆东街22号）
邮　　编　100010
印　　刷　常熟市人民印刷有限公司
版　　次　2020 年 5 月第 1 版
　　　　　2020 年 5 月第 1 次印刷
开　　本　650 毫米×900 毫米　1/16　印张　11.75
字　　数　110 千字
定　　价　43.00 元

俄苏文学经典译著

出版说明

　　本丛书是对中国左翼作家所译俄苏文学经典一次系统的整理和展现，所辑各书均为名家名译，这不仅是文献和版本意义上的出版，更是对当时红色文化移植的重新激活。

　　早在 1948 年生活书店、读书出版社、新知书店合并为生活·读书·新知三联书店前，三家出版社就以引介俄苏经典文学和社会理论图书等为己任。比如 1937 年生活书店出版托尔斯泰的《安娜·卡列尼娜》，1946 年新知书店出版《钢铁是怎样炼成的》。1949 年以后，虽然也有出版社对俄苏文学经典进行重译、重编，但难免失去了初始的本色，并且遗失了些许当时出版的有价值的译著；此外，左翼作家的译介因其"著译合一"的特点，在众多译本中，自有其价值；更重要的是，这些文学经典蕴含的对生活的热情、对信仰的坚守、对事业的激情在今天亦鼓动人心，能给每一位真诚活着的人以前行的动力。因此，系统地整理出版左翼作家翻译的俄苏文学经典是必要的。

　　我们在对书稿进行加工时，主要遵循了以下原则：

　　一、本丛书为重排本，由繁体字竖排版改为简体字横排版。

　　二、忠实原作，保持原译语言风格及表现方式；对书中人物及相关译名除必要的规范外基本保留。

　　三、原书注释如旧，编者所出的注释，均以"编者注"标明，以示与原书注释的区别。

四、对原书中各种错讹脱衍之处，直接订正。

五、数字只要统一、规范，基本沿用；对标点符号的用法，尽可能做到规范。

六、在不影响原译意的情况下，对个别表述可能有歧义的字句进行必要斟酌处理。

俄苏文学经典译著

总　序

　　生活·读书·新知三联书店推出"俄苏文学经典译著·长篇小说"丛书，意义重大，令人欣喜。

　　这套丛书撷取了1919至1949年介绍到中国的近50种著名的俄苏文学作品。1919年是中国历史和文化上的一个重要的分水岭，它对于中国俄苏文学译介同样如此，俄苏文学译介自此进入盛期并日益深刻地影响中国。从某种意义上来说，这套丛书的出版既是对"五四"百年的一种独特纪念，也是对中国俄苏文学译介的一个极佳的世纪回眸。

　　丛书收入了普希金、果戈理、屠格涅夫、陀思妥耶夫斯基、托尔斯泰、高尔基、肖洛霍夫、法捷耶夫、奥斯特洛夫斯基、格罗斯曼等著名作家的代表作，深刻反映了俄国社会不同历史时期的面貌，内容精彩纷呈，艺术精湛独到。

　　这些名著的译者名家云集，他们的翻译活动与时代相呼应。20世纪20年代以后，特别是"左联"成立后，中国的革命文学家和进步知识分子成了新文学运动中翻译的主将和领导者，如鲁迅、瞿秋白、耿济之、茅盾、郑振铎等。本丛书的主要译者多为"文学研究会"和"中国左翼作家联盟"的成员，如"左联"成员就有鲁迅、茅盾、沈端先（夏衍）、赵璜（柔石）、丽尼、周立波、周扬、蒋光慈、洪灵菲、姚蓬子、王季愚、杨骚、梅益等；其他译者也均为左翼作家或进步人士，如巴金、曹靖华、罗稷南、高植、陆蠡、李霁野、金人等。这些进步的翻译家不仅是优秀的译者、杰出的作家或学者，同时他们纠正以往译界的不良风气，将翻译事业与中国反帝反封建的斗争结合起来，成为中国新文学运动中的一支重要力量。

这些译者将目光更多地转向了俄苏文学。俄国文学的为社会为人生的主旨得到了同样具有强烈的危机意识和救亡意识，同样将文学看作疗救社会病痛和改造民族灵魂的药方的中国新文学先驱者的认同。茅盾对此这样描述道："我也是和我这一代人同样地被'五四'运动所惊醒了的。我，恐怕也有不少的人像我一样，从魏晋小品、齐梁词赋的梦游世界中，睁圆了眼睛大吃一惊的，是读到了苦苦追求人生意义的 19 世纪的俄罗斯古典文学。"[1]鲁迅写于 1932 年的《祝中俄文字之交》一文则高度评价了俄国古典文学和现代苏联文学所取得的成就："15 年前，被西欧的所谓文明国人看作未开化的俄国，那文学，在世界文坛上，是胜利的；15 年以来，被帝国主义看作恶魔的苏联，那文学，在世界文坛上，是胜利的。这里的所谓'胜利'，是说，以它的内容和技术的杰出，而得到广大的读者，并且给予了读者许多有益的东西。它在中国，也没有出于这例子之外。""那时就知道了俄国文学是我们的导师和朋友。因为从那里面，看见了被压迫者的善良的灵魂，的酸辛，的挣扎，还和 40 年代的作品一同烧起希望，和 60 年代的作品一同感到悲哀。""俄国的作品，渐渐地绍介进中国来了，同时也得到了一部分读者的共鸣，只是传布开去。"鲁迅先生的这些见解可以在中国翻译俄苏文学的历程中得到印证。

中国最初的俄国文学作品译介始于 1872 年，在《中西闻见录》的

---

[1] 茅盾：《契诃夫的时代意义》，载《世界文学》1960 年 1 月号。

创刊号上刊载有丁韪良（美国传教士）译的《俄人寓言》一则。[1]但是从1872年至1919年将近半个世纪，俄国文学译介的数量甚少，在当时的外国文学译介总量中所占的比重很小。晚清至民国初年，中国的外国文学译介者的目光大都集中在英法等国文学上，直到"五四"时期才更多地移向了"自出新理"（茅盾语）的俄国文学上来。这一点从译介的数量和质量上可以见到。

首先译作数量大增。"五四"时期，俄国文学作品译介在中国"极一时之盛"的局面开始出现。据《中国新文学大系》（史料·索引卷）不完全统计，1919年后的八年（1920年至1927年），中国翻译外国文学作品，印成单行本的（不计综合性的集子和理论译著）有190种，其中俄国为69种（在此期间初版的俄国文学作品实为83种，另有许多重版书），大大超过任何一个国家，占总数近五分之二，译介之集中可见一斑。再纵向比较，1900至1916年，俄国文学单行本初版数年均不到0.9部，1917至1919年为年均1.7部，而此后八年则为年均约十部，虽还不能与其后的年代相比，但已显出大幅度跃升的态势。出版的小说单行本译著有：普希金的《甲必丹之女》（即《上尉的女儿》），陀思妥耶夫斯基的《穷人》、《主妇》（即《女房东》），屠格涅夫的《前夜》、《父与子》、《新时代》（即《处女地》），托尔斯泰的《婀娜小史》（即《安娜·卡列尼娜》）、《现身说法》（即《童年·少年·青年》）、《复活》，柯罗连科的《玛加尔的梦》和《盲乐师》，路卜洵的《灰色马》，阿尔志跋绥夫的《工人绥惠略夫》等。[2]在许多综合性的集子中，俄国文学的译作也占重要位置，还有更多的作品散布在各种期刊上。

其次翻译质量提高。辛亥革命前后至"五四"高潮前，中国的俄国

---

[1] 可参见笔者在《二十世纪中俄文学关系》（学林出版社，1998；高等教育出版社，2002）中的相关考证。

[2] 这套丛书中收入了这一时期张亚权译的柯罗连科的《盲乐师》（商务印书馆，1926）。

文学译介均为转译本，且多为文言。即使一些"名家名译"，如戢翼翚译的普希馨《俄国情史》（即普希金《上尉的女儿》，1903）、马君武译的托尔斯泰的《心狱》（即《复活》，1914）、林纾和陈家麟合译的托尔斯泰的《罗刹因果录》（收八篇短篇，1915）等，也因受当时译风的影响，对原作进行改动或发挥之处颇多，有的译作几近于演述。1919年以后，译者队伍与译风发生了根本上的变化。一批才气横溢的通俄语的年轻人加入了俄国文学作品翻译的队伍，其中有瞿秋白、耿济之、沈颖、韦素园、曹靖华等。以本套丛书入选译本最多的译者耿济之为例。耿济之早年在俄文专修馆学习，1919年在《新中国》杂志上发表最初的译作，即托尔斯泰的《真幸福》（即《伊略斯》）和《旅客夜谭》（即《克莱采奏鸣曲》）等作品。20年代初期，耿济之又有果戈理的《马车》和《疯人日记》、赫尔岑的《鹊贼》、屠格涅夫的《村之月》、奥斯特洛夫斯基的《雷雨》、托尔斯泰的《家庭幸福》和《黑暗之势力》、契诃夫的《侯爵夫人》等重要译作。此后他一发不可收，数十年间译出了大量的俄国文学名著，是中国早期产量最多和态度最严肃的俄国文学译介者。当然，这时期仍有相当一部分翻译家依然利用其他语种的文字在转译俄国文学作品，如鲁迅、周作人、李霁野、郑振铎、赵景深、郭沫若等。这些译者大多学养深厚，译风严谨。鲁迅在20年代前期和中期译出了阿尔志跋绥夫的《工人绥惠略夫》《幸福》《医生》和《巴什唐之死》、安德列耶夫的《黯淡的烟霭里》和《书籍》、契诃夫的《连翘》、迦尔洵的《一篇很短的传奇》等不少俄国文学作品。尽管是转译，但翻译的水准受到学界好评。

20世纪二三十年代，中国文坛开始引进苏俄文学。1931年12月，瞿秋白在给鲁迅的信中谈到：有系统地译介苏联文学名著，"这是中国普罗文学者的重要任务之一"[1]。不少出版社在20年代末相继推出

---

[1] 瞿秋白：《论翻译》，见《瞿秋白文集》第2卷，人民文学出版社1954年版。

"新俄文学"作品专集。最早出现的是由曹靖华辑译、北平未名社1927年出版的《白茶（苏俄独幕剧集）》一书。而后，鲁迅、叶灵凤、曹靖华、蒋光慈、傅东华、冯雪峰和郭沫若等辑译的各种苏联文学作品集相继问世。这一时期，译出了不少活跃于十月革命前后的苏俄著名作家的作品。比较重要的有：拉夫列尼约夫的《第四十一》、革拉特珂夫的《士敏土》、绥拉菲莫维奇的《铁流》、法捷耶夫的《毁灭》、聂维罗夫的《不走正路的安得伦》、雅科夫列夫的《十月》、伊凡诺夫的《铁甲列车Nr. 14-6》、富曼诺夫的《夏伯阳》、肖洛霍夫的《静静的顿河》（前两部）和《被开垦的处女地》、奥斯特洛夫斯基的长篇小说《钢铁是怎样炼成的》、诺维科夫-普里波伊的《对马》、马雅可夫斯基的诗集《呐喊》、爱伦堡等人的报告文学集《在特鲁厄尔前线》和阿·托尔斯泰的剧本《丹东之死》等。

这一时期，作品被译得最多的作家是高尔基。最早出现的是宋桂煌从英文转译的《高尔基小说集》（上海民智书局，1928）。这部小说集中载有《二十六个男和一女》和《拆尔卡士》（即《切尔卡什》）等五篇作品。最早出现的单行本是沈端先（即夏衍）从日文转译的高尔基的《母亲》。[1]30年代中国出版的有关高尔基的文集、选集和各种单行本更多，总数达57种，如鲁迅编的《戈里基文录》、瞿秋白译的《高尔基创作选集》、黄源编译的《高尔基代表作》、周天民等编选的《高尔基选集》（六卷）等。此外问世的还有：鲁迅等译的短篇集《恶魔》和《俄罗斯的童话》、史铁儿（即瞿秋白）译的《不平常的故事》、巴金译的短篇集《草原故事》、丽尼译的《天蓝的生活》、钱谦吾（即阿英）译的《劳动的音乐》、蓬子译的《我的童年》、王季愚译的《在人间》、杜畏之等译的《我的大学》、何素文译的《夏天》、何妨译的《忏悔》、罗稷南译的《四十年间》、赵璜（即柔石）译的《颓废》（即《阿尔达莫诺夫家

---

[1] 该书1929年由上海大江书铺出版第一部，次年出版第二部。

的事业》)、钟石韦译的《三人》、李谊译的《夜店》(即《底层》)和贺知远译的《太阳的孩子们》等。

　　进入 20 世纪 40 年代,由于苏德战争和太平洋战争的爆发,中国文坛把自己的目光转向了苏联卫国战争文学。1942 年在上海创刊(1949年终刊)的《苏联文艺》发表的各类作品的总字数达六百多万字,其中大部分是反映苏联卫国战争的文学作品。此外,仅就单行本而言,各出版社出版或重版的此类书籍的数量有百余种之多。这些作品极大地鼓舞了中国人民反抗外族入侵和黑暗统治的斗志。也许今天的人们已经淡忘了它们,有些作品从艺术上看似乎也有些逊色。但是,其中经受住了历史检验的优秀之作,仍值得我们珍视。这一时期,苏联其他一些文学作品也有译介。值得一提的有:肖洛霍夫的《静静的顿河》(全译本)、叶赛宁、勃洛克和马雅可夫斯基合集的《苏联三大诗人代表作》、阿·托尔斯泰的《苦难的历程》和《彼得大帝》、费定的《城与年》、奥斯特洛夫斯基的《暴风雨所诞生的》、潘诺娃的《旅伴》、克雷莫夫的《油船德宾特号》、波列伏依的《真正的人》、卡达耶夫的《时间呀,前进!》、列昂诺夫的《索溪》、冈察尔的《旗手》(第一部)、包戈廷的剧本《带枪的人》《苏联名作家专集》(共五辑)等。其中不少名著在这一时期初次被译成中文。可以说,至 20 世纪 40 年代末,苏联重要的主流文学作品译介得已相当全面。

　　1919 年以后的 30 年间,译介到中国的俄苏文学作品产生了巨大的影响。钱谷融教授曾经生动地描述过抗战时期他随学校迁至四川偏远小城,在那里迷上俄国文学的一些情景。他还表示自己"是喝着俄国文学的乳汁而成长的","俄国文学对我的影响不仅仅是在文学方面,它深入到我的血液和骨髓里,我观照万事万物的眼光识力,乃至我的整个心灵,都与俄国文学对我的陶冶薰育之功不可分。我已不记得最先接触到的俄国文学名著是哪一本了,总之是一接触到它就立即把我深深地吸引住了,使我如醉如痴,使我废寝忘食。尽管只要是真正的名著,不管它是英、美的，法国的，德国的，还是其他国家的，都能吸引我，都能使我迷醉。但是论其作品数量之多，吸引我的程度之深，则无论哪一国的文学，都比不上俄国文学"。这样的感受和评价在那一时代的知识分子中并不罕见。

由于社会的、历史的和文学的因素使然，中国知识分子（特别是左翼知识分子）强烈地认同俄苏文化中蕴含着的鲜明的民主意识、人道精神和历史使命感。红色中国对俄苏文化表现出空前的热情，俄罗斯优秀的音乐、绘画、舞蹈和文学作品曾风靡整个中国，深刻地影响了几代中国人精神上的成长。除了俄罗斯本土以外，中国读者和观众对俄苏文化的熟悉程度举世无双。在高举斗争旗帜的年代，这种外来文化不仅培育了人们的理想主义的情怀，而且也给予了我们当时的文化所缺乏的那种生活气息和人情味。因此，尽管中俄（苏）两国之间的国家关系几经曲折，但是俄苏文化的影响力却历久而不衰。

在中国译介俄苏文学的漫漫长途中，除了翻译家们所做出的杰出贡献外，还有无数的出版人为此付出了艰辛的努力，甚至冒了巨大的风险。在俄苏文学经典的译著中，我们常常可以看到商务印书馆、中华书局、开明书店、文化生活出版社等出版社的名字，也常常可以看到三联书店的前身生活书店、读书出版社、新知书店的名字。这套丛书中就有：生活书店1936年出版的、由周立波翻译的肖洛霍夫的小说《被开垦的处女地》，生活书店1936年出版的、由王季愚翻译的高尔基的小说《在人间》，生活书店1937年出版的、由周扬和罗稷南翻译的列夫·托尔斯泰的小说《安娜·卡列尼娜》，新知书店1937年出版的、由梅益翻译的普里波伊的小说《对马》，读书出版社1943年出版的、由王语今翻译的奥斯特洛夫斯基的小说《暴风雨所诞生的》，新知书店1946年出版的、由梅益翻译的奥斯特洛夫斯基的小说《钢铁是怎样炼成的》，生活书店1948年出版的、由罗稷南翻译的高尔基小说《克里·萨木金的一生》。熠熠生辉的名家名译，这是现代出版界在中国文化发展史上写就的不可磨灭的一笔。这套丛书的出版也是三联书店文脉传承的写照。

　　尽管由于时代的发展，文字的变迁，丛书中某些译本的表述方式或者人物译名会与当下有所差异，但是这些出自名家之手的早期译本有着独特的价值。名译与名著的辉映，使经典具有了恒久的魅力。相信如今的读者也能从那些原汁原味的译著中品味名著与译家的风采，汲取有益的养料。

陈建华

2018 年 7 月于沪上西郊夏州花园

目　次

序　言

在译完卡泰耶夫（Valentine Kataev）的《盗用公款的人们》之后，很想写一点批评与介绍，但终于因为别的事情的缘故，到此刻还没有写过一个字。现在书已快要印出来了，所以只能简略地如下说一说。

作者于一八九七年生于奥地赛（Odessa）地方，属于一教士的家庭。一九一六年他上前线去当过义勇兵，曾经两次受伤。在乌克兰的内战期内，他曾几次被红军和白军所捕，在牢狱里度过好几个月的囚徒生活。他九岁就开始写他的韵文，而于一九一四年遇到了布宁（Bunin），因此很受他的影响。他是新俄的一个同路人的作家，《盗用公款的人们》就是他的脍炙人口的长篇小说。

作者是果戈里[1]之后的唯一讽刺作家，本书也有着果戈里的名著《死魂灵》的浓厚的气息的。作者以含泪微笑的文笔，以庄谐杂出的风格，写成这本描写革命后的小市民们的喜剧。我初读时笑到了心痛，但同时也感到了新俄罗斯的曙光。因为在革命的过程中自然免不了有滑稽的事实出现，本书记载了那一时期的旧的小市民们的故事；在本书结束的地方，作者明白地宣告了旧的小市民们的死亡。作者是同情新社会的，所以书中始终讽刺那正在没落着的小市民们。

可惜译者不能够把这些讥刺的口吻惟妙惟肖地传出来，而本书又是从英译本转译的，更难将原文的又庄又谐的文笔，完全保存在我的译文里。

最后，我想说一句，本书译时非常仓促，随译随印，译完后不及仔细地重校一遍，恐不免有错误的地方。

译　者

一九三〇年十二月于上海

---

[1] 现多译为果戈理。——编者注

一

　　正当莫斯科电报局的屋顶上的圆钟的分针指着上午十点钟少十分的
时候，一个中年的市民从"A"房子里出来了。他穿着一双厚底鞋，一
件有羔羊皮领的沉重的外套，一顶平顶的羔羊皮帽，帽上有耳扑伸在前
面。张开了悬着珍珠般的缨穗的雨伞，他艰难地踏着软泥横过了嘈杂的
街道，在一个纸烟商的铺子前面停住脚步。这纸烟商是在电报局的楼梯
上安置了他的铺子。这商人是一个老头子，他戴着一顶蓝帽（在帽上，
饰有一个银镌的字"Kioske"），而且在他的苏格兰呢服的顶上，耸着一
簇灰白色的头发，当他看到这市民的时候，将他的手伸到湿漉漉的篷帐
下，递给他一包"Era"纸烟。

　　"这些纸烟不是湿的吧？"市民问，用他那颇长的鼻子闻着这不干净

的空气，混着都市的雨的香味和街灯的煤气的气息。

"不要怕，这是从底下拿出来的。天气真不成！"

接受了他的这个解释之后，市民递过去二十二个戈比，叹息了一声，然后将纸烟的红包放进他的裤袋里去，说：

"天气真不成！"

接着他拿外套围裹住自己，继续地走过了邮政局，走到"肉市"，上他办事的地方去。

真的，这已经不再叫"肉市"，而叫作"五月的第一街"了。但是——在这十一月十五左右的时节，在这阴郁的早晨的钟头里，当霏霏的莫斯科的雨单调地又不停止地落到行人的身上的时候；当非常长的树干装在一部手车里辘辘地辗着过去，你不知道这是运到哪里去的，而每逢街道转角的树枝的锐利的末梢就想来抓住你的面孔的时候；当你垂着头跑着，突然地撞到一根直立在铺路中间的电杆木的时候；当摇摆着的马具撞在你的肩上，而奔驰过的车辆向你送过一阵污泥来，溅满了你的已经污秽的外套的尾端的时候；当同伴们的闪亮的名牌的怕人的金字晃得你眼花的时候；当磨石、锯子和割草机好像什么时候都预备冲破那将它们放在后面陈列着的窗玻璃板，而将你切成碎片的时候；当那从破烟筒里跑出来的煤气四散地喷散着的时候；当青色的灯终天燃点在办公的工人们的台子上的时候——谁能够用这一类的新名目来称呼这街道呢？

不，这条街是，而且也将依旧叫作"肉市"的。在有这条街的时候，最初就这样叫着的，所以不管怎样说明，没有别的名目可以依附在它身上的。

这市民转向一条边街里去，而且走进了角落里的第一家房子的门里。他在这里摇摇而且收拢了他的雨伞，一面在金属的光亮的席上顿着他的厚底鞋，一面怀着憎恶的心情念着俱乐部的去年的通告，用蓝的颜色涂在一条长长的墙纸上面。接着他闲情地走上了污秽的大理石的楼梯，走到三层楼上，踱进了左边的一扇开着的房门，沿着一条颇昏暗的回廊走着，一直走到了办公室。他先向右转，然后再向左转，他一面走着，一面偷窥着一间卧室，有一个女工和一个信差在那里喝他们的茶，而且谈论着世界的潮流，最后他走到了他的事务室，一间大房间的门口，那镶着玻璃板的窗门从天花板伸到地板上面，那一口木头的柜橱由这一端长达到那一端，而且有一对对的桌子布置在这室内。

这市民打开了事务室的摆动的房门，他一面走着，一面瞥视那管货单的事务员，一个穿着皱缩的蓝短衫，打扮得有如一个骠骑兵似的姑娘，她这时候正忙着查找支票。他的胡髭擦过了拿在一个美发的青年的手里的一束订货信，他将痰吐在痰盂里，然后走到那位在角落里的卧室里去。玻璃将这卧室隔开，在门上贴着一个打字机打的条子：

机要会计：
P.S. 泼洛霍洛夫

接着，他一只手靠在墙上，显然他是用力缓缓地脱去他的厚底鞋，解开了他的毛织的搭膊带。同时信差走进室内，将一杯茶放在那覆在机要会计的写字台上的红桌布上。

信差显着很想说话的神气。

"你喜欢看一看新闻纸吗？"他说，一面将机要会计的外套挂在一个钉上。

"新闻纸?"

菲立泼·斯蒂芬诺佛奇用一只猪肝色的眼睛很有意思地闪映着。他在桌旁坐下来,从他的口袋里掏出一包纸烟,用他的手绢拭拭他那长而青色的胡髭——这是生在他的精光的下颌,有如披在马背上似的,有一个缨穗挂到他的下唇。他的这动作,是表明他并不是不愿意谈谈。

"新闻纸里有什么有趣的地方,尼克泰?"他说。

尼克泰拿雨伞去放在一个角落里,倚在门边上说:

"非常有趣的,菲立泼·斯蒂芬诺佛奇,你不要着急。"

机要会计从包里取出一支长纸烟,他拿烟嘴子在桌上敲击了几回,燃上了纸烟,换到他的木圈椅去坐下,于是又闪映着他的另一只猪肝色的眼睛。

"打个譬喻看?"

"譬喻说,菲立泼·斯蒂芬诺佛奇,它是包含关于 Soviet 的权威者们的行动的某种非常有趣的批评。"

"唉,尼克泰,"机要会计说,他显然起了优越和怜悯的感情,"我真不懂,从前他们教你读和写做什么的。假使你不能够领会你所读的,那么你是一种怎样的新闻纸的读者呢?"

"不,菲立泼·斯蒂芬诺佛奇,我能够完全懂得,假使一个人不能够领会,那么他还要读什么呢?有时,能够在新闻纸上发现非常有趣的批评。"

"能够发现哪一种批评呢?"

尼克泰换了一个脚步,然后羞怯怯地说:

"好像关于卷逃（*desertion*）的一种批评。"

"卷逃吗？你一定喝醉了酒吧。怎样的卷逃呢？"

"我们知道怎样的卷逃的，"信差说，叹息了一声，"他们一个又一个跑走了，你们这些人。"

"是谁跑走了呢？"

"盗用公款的人们，他们跑走了。这是很明白的。他们带了公家的钱坐进一部马车里去，于是他们走了——没有一个知道他们上哪里去的！譬如说，今天我就读到这样一个报告，说明单是莫斯科一个地方，在十月里，从各种机关里卷了公款逃走的，不下一千五百人呢。"

"是的……"机要会计说，望着这冒烟的杨梅叶的纸烟，将烟气吸入他的鼻管里去，"……嗯，是的。"

"你能够告诉我吗，菲立泼·斯蒂芬诺佛奇？假使每一个人都像那样的卷逃到各地方去了，那么将来要怎样的结果呢？这将是一种非常愚蠢的服务吧。譬如说，拿我们自己的街道来做例吧。到底我们的街上有多少机关可不能够十分肯定，但是单拿这幢角落里的房子来说，我们自己的除外，还有五个机关。在第一层楼，有两个机关——Ural Quartz 的重要办公室和 Universal Radio Providers，在第二层楼……"

"你为什么向我说起这一切来呀？"

"听我说，"尼克泰说，用他的手指迅速地做着小记号，"二层楼是全部被 Electro Machinery 占据着，所以有了三个机关了；在三层楼上，有我们自己的机关和 Trostreste，所以有五个机关了；在四层楼上，有Promkusta，所以有六个机关呢。"

"尼克泰！"机要会计尖声地说。

"啊,菲立泼·斯蒂芬诺佛奇,看一看 Ural Quartz, Universal Radio Providers, Electro Machinery 和 Trostreste 吧。它们在前星期都失去了金钱。"尼克泰气喘喘的,在他的匆忙的叙述之后透不过气来,"至于 Promkusta,嗯,他们到天亮才拿完东西。最后的一部货车到上午七点钟才赶走的。"

"尼克泰!你在说什么话呀?什么?——一部货车?"

"啊,那是很容易懂得吧?你不能够用一部马车从四层楼装一万八千铜币到火车站去的呢。"

"到底谁手头有这许多铜币呢?"机要会计惊讶地问,"尼克泰,你在杜撰着这事情,走开吧。"

"我没有杜撰这事情。这局里的主席吩咐过,理由是,公款是必须留心保管的。他一定以为会计员和会计(原谅我),假使没有预先关照过,永不能够将袋儿拖下楼梯去的。但事实上,可并没有这类事情发生。在天色黎明的辰光,我突然听到楼上有一种声音在那里响。我赶紧戴上帽子,跑到梯顶上去。我看见他们拖着一只袋儿,但这并没有引起我的疑惑。这或许是别的什么事情吧。或许他们拿什么手工业的东西上市场去,或者简直是装着番薯罢了。我立了一会儿,接着就离开那楼梯了。唉,我的天呀!——在那里,在门路的近旁,货车已经拖到了那里——然后上火车站去了!为了这原因,今天职员没有钱付,已经没有钱可以付了。在这整个角落的房子里,只有我们还有点钱剩在这里……"

"你不能够说出真理来的,尼克泰。出去吧,"菲立泼·斯蒂芬诺佛奇愤怒地说,"我没有时间和你闲谈。这杯茶已经冷了,另外替我拿一杯来吧。"

"记着，菲立泼·斯蒂芬诺佛奇，"尼克泰镇静地说，"这个星期是他们付我们薪水的时间，我们已经没有一个人还有钱剩下。我们的薪水是列在最低级里，当然从前个月付钱那一天到现在不会再剩一个便士的……"

"出去，尼克泰。"机要会计用一种严肃的口气打断他的话，"你的空话妨碍我的工作。请走出去吧！"

尼克泰在他所立的地方拖行着，但机要会计的面色并没有和缓下来。

"假使每一个人都不见了，那么怎么办呢？"尼克泰喃喃地说，歪斜地离开了寝室，"不付钱，这将是一种非常恶蠢的服务了。"

菲立泼·斯蒂芬诺佛奇重新整了整他的夹鼻眼镜，"嘭"的一声打开了他面前的厚厚的总账簿，拿起一个预备好的算数表，开始他的日常工作了。被他的工作弄得暖热起来，他不断地移着夹鼻眼镜，而且，显着一种高贵的神气，透过了那玻璃板的墙壁，观察着外面的办公室。他看来好像真是一个有经验的官长，浑身都是勇敢与真实，他在上头指挥着一种非常重要而且复杂的工作。

菲立泼·斯蒂芬诺佛奇显然并不是没有一点儿想象的——像他那样成熟年龄里的一种危险的性质的。

在日俄战争的时候，他是以副官的头衔去参加，而后来以参谋长的头衔离开了到预备队里去，从那时候起，他就在各机关里度他的财政会计的岁月和一种安定的家庭生活——他是以可作模范的安心与可赞美的忠实安排过这生活。

一九一四年的战争并没有十分扰乱我们谨慎的参谋长。由于他的妻子的作用和塞贝金父子共同的努力（他这时候正在那里服务），菲立泼·斯蒂芬诺佛奇得到免除兵役。接着革命爆发了，但他也并没有比那时住在先前属于俄罗斯帝国版图里的其他的会计更受到革命的影响。他们都没有受到很大的影响。

事实上，菲立泼·斯蒂芬诺佛奇是一个模范的市民。但不管这一切，在他的性格里，恰有一种小鬼的冒险的性质的。譬如说，他的特别的结婚就是一个例子，就是此刻，莫斯科的会计们依旧能够清楚地记起这故事来的。假使有人去翻寻《劳梅济夫丛书》，他或许会寻到一九〇八年的那一份莫斯科的结婚公报，在这上面登载着以下的通告：

安琪儿

——写你的回信吧

兵，**Port Aathur** 的英雄，

服从命令的武士，

他以参谋长的资格到预备队里去的，他是稳重的，靠得住的而且没有肉体的缺陷的，他决定要解除（remove）

战神的剑

为了他要专心致力于一个财政会计的责任和过一种安定的生活。

战神的儿子要访求一个生活的伴侣

征求：一个肥美的、秀丽的寡妇，她要有一点儿小小的积蓄或一种事业可作担保，要有一种娴静的随遇而安的天性，要有一种结

婚的目光。

不要复匿名信。

信寄邮箱，交给那拿一个三卢布票，佩八五六三四二一号的人。

果然——一个肥美的寡妇出现了。她匆匆地从劳兹涅到莫斯科来，使这"战神的儿子"对她发生了迷恋。她当即安排着他的安定而幸福的家庭生活，而且在一个月之内，变成他的合法的正式结婚的妻子了。过后这是必须承认的，她有一个两岁的女儿沙耶在华沙，她的父亲是谁也不知道的，但这位慷慨的参谋长却愿意将这小姑娘承继过来。至于讲到小小的积蓄或事业的条件，她是一样也没有，不过对于怎样做带，做紧身褡，做胸衣，等等，这寡妇是十分懂得的，所以有一点儿小小的额外的收入可以供给这家庭。事实上，这预备队里的参谋长是没有理由可以反悔用这样一种冒险的方法安排成功的结婚，而且塞贝金父子公司的头脑，那老塞贝金自己，有一次在一个喧闹的集会里说："绅士们，你们不要讥刺菲立泼·斯蒂芬诺佛奇吧。他现在协助着我们的机要会计。"他是一个仁善的老头子，那老塞贝金。

除这种冒险的小鬼的气质以外，有时他还有另一种气质——一种轻轻的讽刺，一种对于他周围的人们和发生的事情的不可理解的高傲的意识，一种忍耐的且无害的傲慢。这是很显然的，这种气质的发生是在很久之前，在菲立泼·斯蒂芬诺佛奇和哨兵一同俯卧在加奥·李亚与仁川之间，念着一个高贵生活的故事里的以下的警句的时候：

"基多伯爵跳上他的马儿去了……"

这种高贵生活的故事一两年后就忘记了，但这关于伯爵的火一般的成语，却永远镌刻在菲立泼·斯蒂芬诺佛奇的心中，而且，无论他在将来看到了怎样非凡的事情，无论他听见了怎样光明的言语，无论他周围发生怎样重大的事故，菲立泼·斯蒂芬诺佛奇只会眨着他的猪肝色的眼睛，想着："唉，你，这一切仍旧使你远不及基多伯爵的，他跳上了他的马儿……远……"谁知道他没有想象他自己就是那惊人的而且不可及的基多伯爵呢。

在两点钟，在他签了几笔账目和银票之后，菲立泼·斯蒂芬诺佛奇燃着那天的第三支纸烟，走出他的小房间，向那会计员的办公室走去。

会计员的办公室和他自己的办公室的构筑同一模样，除了那墙壁是用 plywood 做的，而且窗门是可以望到回廊上去之外。

菲立泼·斯蒂芬诺佛奇轻轻地打开那角落里的房门，向办公室内偷窥着，低声说：

"你有多少现款，伊凡，我的孩子？"

"一千五百个卢布，泼洛霍洛夫同志。"用一种轻轻的、烦恼的年轻的声音回答着，"我们今天付账吗？"

"我们今天应该付几笔数目比较小一点儿的账。"这机要会计说，走进了会计员的办公室里去了。

这会计员，年轻的伊凡，坐在窗前的一张小桌子旁，保险箱就放在他的后面。他正在配合一个点火机。在红的吸墨纸上将各种螺旋钉、轮子、火石和弹簧安排端正之后，他仔细地在手里拿着一个铜弹壳，他将风吹进弹壳里去，于是火燃起来了。

一盏强烈的酒精灯挂在办公室的中央，在一张青色的帷幕下面。灯光映照着他的长久不剃的蓬松的头发；在他的头顶上已经露出一块秃秃的头皮，而头发丛生在它的四周，很像一个旋涡里的旋水似的，而且耸出在他的前额上，有如一个海岬。

年轻的伊凡穿着一件暗蓝色的斜纹布的短衫，褐色的裤子和大而愚蠢的、一直长到膝踝的骑靴。这使他很神气，像一只"穿着靴儿的猫"。一块厚厚的棉布的包头布围在他的项颈周围。或许是由于他那非常矮小的身材，他年轻，而且也由于他的安静和客气，所以机关里的每一个人，从主席以下，自然信差和女工是不在此列的，大家用亲爱的口气叫他——"年轻的伊凡"。

年轻的伊凡很骄傲他那小会计员的办公室。他爱他的大而美丽的、时常削得尖尖的、半红半蓝的铅笔，他特地为铅笔取一个尊敬的名字——"亚历山大·希杜洛佛奇"。那红的一半叫"亚历山大"，那蓝的一半叫"希杜洛佛奇"。他爱那强烈的酒精灯，那糨糊瓶，那墨水壶，那笔杆和那用带系在钱柜的另一边、免得被人偷走的另一个笔杆。他喜欢而且敬重那坚固的、灰蓝色的保险箱，那怪长的镀镍的剪刀和那有条不紊地分列在桌上的钱包。

他最大的快乐就是用"亚历山大·希杜洛佛奇"在付款簿上对着一个人名记下一个蓝色的小记号，井井有条地将一叠钞票算个清楚，然后用一块小银子压着，再加上铜币，将准确的总数结算出来，然后将它递到百叶窗去，说：

"听我说，你会查对得这是半点儿错误都没有的。"

当不付钱的时候，年轻的伊凡会关上那扇玻璃百叶窗（在窗玻璃外面用银字写着 *Casa*——会计员——，在里面看起来变成 *Asac*），于是他又会去从事那点火机。他将这点火机拆开来，从一个小瓶里倒点儿石脑油进去，旋好螺钉，试试看——发出了一阵红色的火焰——然后又吹灭它。于是，他用手指扭起灯芯，又将它燃上，然后再吹灭，歌唱着："Asac，Asac，Asac，……"然后再拆开来。这就是何以年轻的伊凡付出来的钞票都带点儿石脑油气味的原因。

他这般地做着他的工作，但是年轻的伊凡在办公室外面干什么事，他住在哪里，他有什么趣味和他在哪里用餐，那就绝对没有人知道了。

当机要会计进来的时候，年轻的伊凡立起身向他走过去，恭敬地问候他，深深地弯下身去，弯得他的手是在他的头上摇着了。

"听我说，"菲立泼·斯蒂芬诺佛奇用一种低低的、像煞有介事的、响得好像肚子在回动似的声音说，"我们明天要付职员的薪水，而且，和其他的账一样，也还有几张过期的支票。明天我们一定要碰到我们的债主了。"

"正是如此。"年轻的伊凡迅速地说。

"事务员身体不好，平常领钱总是她去的，所以这回你上银行去支一万二千卢布的现金来。"

"真……的……吗?"

"无论如何，年轻的伊凡，……你最好先避开了人们……"菲立泼·斯蒂芬诺佛奇用他的胡髭朝回廊那方面指着，通过了小小的百叶窗，他们可以看到人们身心不安地坐在那里的直背的木椅子上。……"我们走吧，年轻的伊凡，而且去看一看我的办公室，约一点钟光景。"

"好。"

年轻的伊凡将他的点火机放在一边，打开百叶窗，伸出他的头儿，镇静地说：

"同志们，你们喜欢这样子，像排着字母似的坐着吗？"

菲立泼·斯蒂芬诺佛奇这时候走到这局里的财政员那边去签他的支票。

财政员听了菲立泼·斯蒂芬诺佛奇说的话，他转向一边，带着一个叹息，拉拉他的丝一般的修得很整齐的胡髭。

"很好，"他皱着眉毛说，"但你为什么单单差会计员去？你知道，在目前，没有一个人料得到片刻之后会发生什么事情的，所以，坦白地说，我不愿意差你的年轻的伊凡去。谁知道他到底是哪里人？"

菲立泼·斯蒂芬诺佛奇威严地竖起了他的眉毛。

"年轻的伊凡是哪里人吗？他已经和我们一块服务了一年半，而且他是吐克斯坦斯基同志亲自保荐，这你大概记得的吧。"

"一年半吗？我不能够十分确定，不能够十分确定……"这财政员反抗着，"或许是的。嗯，知道了，他不能够使我信任呢。看看我的地位吧；我对于什么事情都要负责的……如你所愿地做吧…… 我请你和他一同上银行去……你亲自去……如你所说，年轻的伊凡是白璧无瑕的……那么这同一的年轻的伊凡的一切疵瑕都没有了。所以请……在那'Prom-kusta'的事情发生之后，我真不知道怎么做才好，好像你该荷枪实弹地去站在钱箱旁边，有如一个哨兵似的。还有，我告诉你，你的年轻的伊凡有一双奇怪的眼睛……是一双这般非常天真的眼睛。我请你和他一同去。"

在说了这样长，又没有停顿的一番话之后，财政员是疲乏了，他签了支票，盖上印，在他面前摇着它，兴奋到了面色绯红，但终于交给菲立泼·斯蒂芬诺佛奇，没有向他看一眼。

"请……我请你……至诚地……不要放他离开你的目光。"

在半点钟之内，这高高的菲立泼·斯蒂芬诺佛奇张着雨伞，和这穿着武装背心，腋下夹着一个文书夹的年轻的伊凡，一同走到了雨水之下，走向"肉市"去了。

二

信差尼克泰在栏杆上凭倚了好一会儿，俯伏在楼梯上面，在檐下偷听着。

"他们去了，"他终于满意地低语着，"他们去了，很好。"

他恶意地抓抓他的头的后背，将痰唾在楼梯下面的井里。好一会儿没有声音；尼克泰留心地倾听着，当他唾出的痰达到地板上，而且展开来，同时它用一种声音吮吻着铺路，这声音是以一种满口津液的亲吻的方式充满了楼梯的。这时候，他迅速地离开了栏杆，匍匐进他的卧室里去。他在卧室里用力挣上了一件长短衫（*A long jacket*），两只袖膊上是油腻腻的，拿了他的帽子斜耸在他的头的一边，然后看女工去了。

女工是坐在回廊里的壁后，洗涤着杯子。

"女工，赶快写一个条子去要你的薪水吧。"

"善的主呀！难道他们付钱吗？"

"我告诉你，写条子吧；不要提什么问题了，否则你一点儿钱也拿不到手。"

"我不懂你的意思，尼克泰。"女工回答着，在她的裙边揩干了她的手，面色是变成苍白的了，"他们都走了吗？"

"他们没有想到我们。他们自己打了一张一万二千卢布的支票。"

女工急忙地举起她的手。

"那不是说他们不会再回来吗？"

"那不关你的事。你愿写一张条子吗？否则你会没有你的薪水，那么这是什么都完了。我说，在莫斯科，差不多有十个火车站；在你刚跑到这个车站去的时候，他们是在别个车站里出发了。写吧，赛琪夫娜，写吧，不要叫我老等着。"

女工在她身上画了一个十字，然后从一只箱子里取出一个水壶，一小片纸头，一个多节的、病态的、粉红色的笔杆，露出一种坚定的目光望住了尼克泰。

尼克泰在骨牌凳的边上歇下来，整一整他的短衫的袖膊，用一种工作时候的吸气，挥写着条子。

"现在你签字吧！"

女工因为用力而汗淋淋的，她签好了字。尼克泰巧妙地折好了这一小片纸头，仔细地放在他的短衫的深底。

"现在我要上两个银行去，"他说，"假使我在普洛银行找不到他们，那么他们一定是到莫斯科公司拿钱去了。真不是生意经！"

说了这几句话之后，尼克泰立即不见了。

"留心点儿，你不要上酒馆里去，拿钱去花在酒上面。"女工在他后面微弱地喊着，然后她又重新洗起杯子来。

尼克泰冒雨跑到路倍斯某方场去。天色已经昏黑了。墙壁、房子、摊头、方场、新闻纸、途中的喷水泉——一切都在雨水里变成灰白色。有几个地方，泥泞开始在汽车的缓和的光线里发出光热来。沉重地哼着，公共汽车（*Buses*）蹒跚地从角落里向行人们转过来。一只失落的厚底鞋从电车的踏板上转着圈子飞过空中，打在一个泥水潭里。卖报的小孩叫着："尼科来·尼科来佛奇反对 Soviet 政权的演说！雪立尔·洛曼诺夫的宣言！托洛茨基同志的演说！"

泥泞的水花和污水从各方面飞射过来。一阵嫌恶的寒战爬下颈背。这真是讨厌的天气。

尼克泰耐心地等候着电车，他拿手肘推开了他的路，挤上了踏板。电车是新近才修理过的，外面完全漆遍了新鲜的瓷油，而且装饰着各种各样惊人的东西。有高高的打钉的轮子的外国拖车，金黄色（*Canary yellow*）的气球，画着非常详细的青山碧水的乡村风景的画幅，砖砌的工厂建筑物，以及好多的布告。旗帜和徽章围绕着很多标语："××归农民"，"××归工人"，"继续城市与乡村的联系"，"空中的×色舰队——我们的坚固的保障"，等等。马车的潮湿的四壁仍旧蒸发着煤油和松节油。这完全是像将一个游猎室放在车轮上，从一个市场赶出去，使每个人都感到惊愕。像这样的电车在莫斯科驶行并不多，所以乘在这些车里面，使尼克泰感到很快活，使他感到一种愉快和骄傲的爱国心。

"这倒有点儿像", 他沉思着, 一面挤上了平台, "这一部电车, 好像是——一部 Soviet 的电车——属于我们的!"跨进了这部可爱的电车之后, 尼克泰立刻感到心绪畅快起来了。"嗯", 他沉思着, "我马上要找到他们, 但电车却不让我下去。"

但是, 事实上, 尼克泰一步跨进银行的墙门间, 他就立刻看到菲立泼·斯蒂芬诺佛奇和年轻的伊凡。他们坐在一张放在一根大理石的圆柱下的小榻上, 闲谈着。

为要不打扰他们, 尼克泰细心地从旁边翘着足趾走向他们去, 谛听着。

"拿它放在一个箱子里这是不适当的, 年轻的伊凡,"这会计聪明地说, "你知道的, 窃贼们能够打开它的。我们要这样办: 你拿六千卢布放在各个内面的口袋里, 我也一样, 这是比放在匣子里平安多了。"

"幸而, 幸而,"尼克泰喃喃地说, 兴奋得浑身颤抖了, "幸而我来得正好。他们在分钱呀。"

年轻的伊凡一包包地查对过沙沙地响着的乳皮似的钞票, 于是分一半给菲立泼·斯蒂芬诺佛奇。这会计解开了他的外套, 而正在将钱钞分装到每只口袋里去的时候, 尼克泰从圆柱的后面踱过去。脱去了他的帽子, 他直立着, 垂下他的头。

"原谅我打扰你, 菲立泼·斯蒂芬诺佛奇!"

泼洛霍洛夫跳了起来, 望着这信差, 皱着眉头。

"你上这里来干什么的, 尼克泰? 谁差你上这里来的?"

尼克泰迅速地将手伸进他的短衫的口袋里, 默默地递过一张非常潮湿的条子。

"什么事？"菲立泼·斯蒂芬诺佛奇问着，非常谨慎地戴上他的夹鼻眼镜，仰转他的头，诵读着这文件。

他读完了，接着就移去了他的夹鼻眼镜，以一种十分愤怒而且惊讶的目光凝视着尼克泰，摇摇他的头，好像他想说话，然而找不出话来说，发一声庄严的咆哮就算了事。菲立泼·斯蒂芬诺佛奇的面色变成绯红的，将他的头转向一边去，重新又戴上他的夹鼻眼镜，用手在他面前挥着，而且偷看着尼克泰将条子递给年轻的伊凡。

"会计员同志，我请你看一看这信差们近来常有的鲁莽的地方。"他用一种颤抖的声音多事地说。

年轻的伊凡念完条子，责备似的摇摇他的头。

"你如何能够这样呢，尼克泰？"菲立泼·斯蒂芬诺佛奇用一种温静的口气说，"这是可以的吗？你烦恼别人到这样的地步，跟了他们上银行里来？明天每一个人都要付钱了：女工那时候也要快活地得到钱的。"

"请客气点儿，今天就付了女工和我自己吧，"尼克泰说，他的目光盯在那包钱钞上面没有转动，"请破例一次吧。"

"打出这样的新主见来！"这会计用万分激怒的口气叫道，"你这般地无耻，我要到总局里去报告你。你是完全违犯了法规。"

"对不起的事情，菲立泼·斯蒂芬诺佛奇。"尼克泰镇静地但固执地说。

"我再不愿和你谈了——这般地无耻！"会计说，将钱钞放进他的口袋里去，"来吧，年轻的伊凡。"

菲立泼·斯蒂芬诺佛奇和年轻的伊凡迅速地走开了，好像没有尼克泰在那里似的，然后走到街上，他们的两手紧捏着两旁的口袋。

尼克泰跑过了他们的前面一小段路，戴上他的帽子。

"给我钱吧，菲立泼·斯蒂芬诺佛奇。"

"我不懂你为什么这样的无礼。规则是必须服从的。假使每一个雇员都像你那样跟在我的后面在街道上跑，那还成什么样子！"

"他们不会都像我那样跑的，菲立泼·斯蒂芬诺佛奇。薪水高点儿的雇员是可以等待的。给我钱吧，菲立泼·斯蒂芬诺佛奇，对不起的事情。"

"明天吧，尼克泰，明天吧。你和赛琪夫娜今夜都不会死的吧！"

"我们都不会死的。"

"嗯，那么，还有什么关系呢？"

"今天是一回事，菲立泼·斯蒂芬诺佛奇，或许明天又是另一回事了。给我钱吧。"

"Tcha，你这恶鬼！我不付你。毕竟你希望我在这里，在街道的半途，在雨水和黑暗之中，而且也没有收据簿的，拿出钱来吗？假使你真的这样急于要钱，那么你先回到机关里去，年轻的伊凡和我会坐一部马车回来，在那里付你钱吧。不要再迟误我们。天色是已经昏黑了，我们拿了公款还有事情去办。走吧，尼克泰。"

"马车"和"公款"这两个字，使尼克泰有如一只剪了翅膀的鸟儿似的急撞着他的两肘。一家无线电铺子的五色的灯光照耀着他的苍白的、兴奋的面孔，他从喉头喊出了一个古怪的声音，扭住了会计员的手臂。

"为什么要坐马车呢，同志们？单是因为你们带了公款这缘故吗？这有什么关系呢……而你，会计员同志，想一想我们的地位吧……至于在雨水下付钱不成的话，那么在离开此地两步路之外，就有一家安静的餐馆，你们也可以喝一点儿酒的；这只要两分钟就完事，此后你们就可以雇一部马车上火车站或你们所喜欢的地方去，而我也可以走我的路。那里有灯。来，识相点！"

"我们对这个人怎样办呢，年轻的伊凡？交钱给他是不要花什么时间的，但我们手头没有收据簿，这是顶重要的事情。不，尼克泰，没有收据簿是绝对不可以的。"

但是，好像意外似的，尼克泰缓缓地从旁边走近来，将菲立泼·斯蒂芬诺佛奇和年轻的伊凡推进边街里去了。

"一本收据簿有什么关系呢？"他喃喃地说，"这是很简单的。什么人都知道机关里的第六级的薪水的定额。十二个卢布五十个哥贝克半个月，没有折扣的。依照这条子看来，女工也是一样的。会计员同志日后可以信托收据簿的，那么这事情就完了。"

"这是违反规则的。"会计员低声地喃喃说，打算避去那打在他的雨伞上，有如打在一个鼓上似的雨水。

"你领我们上哪里去，信差？我的靴子浸透了水，天色暗得像火焰了。"年轻的伊凡叫了出来，失足踏进了一个黑暗的深深的泥水潭里。

"不要懊恼，我们到了——再过去一家，第二家就是——到那里，你可以想法弄干你自己了。"尼克泰嚷着，避过泥水潭，"跟我来，菲立泼·斯蒂芬诺佛奇。向右转，不要一分钟就到了。再向右边走去，会计员同志……这样糟的天气……万分可诅咒的……现在，请……"

雨，先前是看不见的，此刻是可以清楚地看到了，有如一块薄布似的，落在装着玻璃板的窗前。从窗上，可以看到笨拙地闪耀着红色的龙虾。尼克泰打开那被水汽和雨水浸得膨胀的门儿。它非常大声地响着。被雨水蒙蒙的黑暗弄得疲倦了的他们的眼睛，逢到了这欢迎的光线。"Sbarc and Reeb."年轻的伊凡机械地喃喃说，从右至左念着那柜台上面的招牌，这是他的习惯。菲立泼·斯蒂芬诺佛奇收拢他的雨伞，在地板上面摇着，而且小心地拍拍他的插手袋。从他的胡髭底末端落下两大粒水滴。

"进来，进来，"尼克泰这时候说，在他们身旁嚷着，催促他们走进一间比较宽空的房间里去，那里只点着两盏灯，"坐在这里吧，在松树下面的这张桌子上。这好像我们是（坐）在一个树林里了。"

菲立泼·斯蒂芬诺佛奇趾高气扬地走着，擦擦他的可以看到在那里印着红的痕，这是被夹鼻眼镜所架起的鼻梁，估量估量这场所，心里觉得真不应该走进这违法的地方来，但现在既然进来了，那么又为什么不在这里取一取暖，和属下喝一点儿啤酒呢？在往日，甚至老塞贝金有时也和他的店员上斯忒来顿斯基门的 Lvof 的酒排间里去听听音乐，也喝一点儿酒，但他是怎样的一个人呀！至于机关里，现在已经五点钟，散工的时候了，所以用不着忙什么的。这样决定了之后，菲立泼·斯蒂芬诺佛奇解开他的外套，将他的雨伞和外套挂在松树的枝柯上，躺在椅子上，显着一副尊贵的神气戴上夹鼻眼镜，观察着酒排间。

"你们要什么东西？"那立即出现在他们面前，穿一件灰短衫和长的白前褂的茶房问道。

菲立泼·斯蒂芬诺佛奇记起了在 Lvof 的酒排间里，老塞贝金曾经多么熟练地对付过和这相似的情形，于是他斜看尼克泰和年轻的伊凡，伸出他的穿着厚底鞋的脚，迅速地要了一杯伏特加、青鱼加生菜、一份猪排加苦萝卜和两杯酒。

"我们这里不卖伏特加的，只有啤酒，"茶房抱歉似的叹息着，忧愁地微笑，垂下了头，"我们是没有照会的。"

"没有伏特加，你们称它什么酒排间?"菲立泼·斯蒂芬诺佛奇藐视地说。

茶房更低垂着他的头，好像在说："连伏特加也没有卖，这怎么能够成为一个真正的酒排间，这连我自己也不知道，但目下的事情是这样的，没有办法。"

菲立泼·斯蒂芬诺佛奇很清楚在现状之下，酒排间里买不到伏特加的，但他却不肯放过这机会，要在他的属下面前出风头，同时也有点儿傲视这茶房。

"既然如此，同志，"菲立泼·斯蒂芬诺佛奇用一种夸大的声调说，"那么替我们拿两瓶啤酒来，各人一份龙虾，一份腊肠（*假使这是好的*），要将它切碎的，还要几个好点儿的炒蛋。"

"很好!"

茶房立即承认这是一个好主顾，恭敬地退回去，迅速地转到路上，有如一个走绳索的人似的，扭开电灯，于是室内立即光明得多了。年轻的伊凡胆怯怯地咳嗽着，差不多是含着愉快的眼泪向菲立泼·斯蒂芬诺佛奇望着，于是生平第一次，他突然理解什么是一个真正的人。

认清了他所发生的效力，于是菲立泼·斯蒂芬诺佛奇用手帕拭拭他的湿漉漉的胡髭，温柔地微笑着，有如老塞贝金昔日所做的样子。他点上一支纸烟，向后靠着，从他的鼻子里哼出话来，跟着他的话语喷出了烟雾:

"现在，信差同志，我要听听你要说些什么话，说下去吧。"

尼克泰站起来，谨慎地站着，叙述他的情形，然后又坐下去了。

"尼克泰，在原则上我是反对预先付钱的，但是在特别的情形之下是可以这样办的，假使你所要求的数目是有效的。会计员同志，我们有多少现存的钱？"

"我们尽够的，菲立泼·斯蒂芬诺佛奇，我们能够付的。"

"假使钱够的，那么付了他吧，但是要一张收条的。"

年轻的伊凡服从地拿出一卷新钞票，一支弄污的铅笔，一小张纸，说了一番暧昧的话，然后依照一切会计员付钱的章程，立即完毕了这工作。

这时候菲立泼·斯蒂芬诺佛奇将他的胡髭浸在啤酒的泡沫里，显着一副高贵的神气，将烟草的烟雾从他的鼻管里喷出来，着手把自己弄得适意点儿。尼克泰现在是快活起来了，他喝了两杯啤酒，拿了空瓶在空中挥着，再要两瓶。机要会计允许他这要求。此刻可以在酒排间里看到更多的人。

那从天花板上挂下来的灯，年轻的伊凡觉得好似带壳的蛋儿一般的。这事实使他非常高兴，于是贴近着菲立泼·斯蒂芬诺佛奇说，假使他跑到 M. S. P. O. 去要半瓶伏特加来，这也很好吧。菲立泼·斯蒂芬诺佛奇摇摇他的手指，但年轻的伊凡却低声地赌咒着，说不会有什么事情发生的，何况这事情是谁都干的，还有明天就是付薪水的日子了。会计又摇摇他的手指，但年轻的伊凡就在这时候不见了，不久，红着面孔，透不过气来，而且湿漉漉的，他转回来了。茶房又拿来的三瓶啤酒，这时候正拿到桌上。

尼克泰在桌子下面倒出伏特加来。这一对同事喝着伏特加，好像他们是两个圣徒似的，他们扮着歪脸，拿起一片腊肠来。茶房熟练地用他那手巾盖好了空杯，好像要掩遮住一种罪恶似的，然后将空杯拿到厨房去。

于是，菲立泼·斯蒂芬诺佛奇向尼克泰和年轻的伊凡扑过身去，喷出酒精和龙虾的气息，说像老塞贝金那样的人，那塞贝金父子公司的头脑，全俄国从来不曾有过，现在也没有，将来也不会有的。说完了这话之后，他垂下他的头儿，仿佛陷在沉思中去了，然后他用他手臂在一个空瓶上敲着。"悲哀呀。"年轻的伊凡说，抓着一个瓶子，不自主地倒了满满的一杯。尼克泰解开了他的短衫顶上的纽儿，拥抱着菲立泼·斯蒂芬诺佛奇，将他那湿漉漉的鼻子撞到他的耳朵上去，低声说了几句关于公款和车站的模糊的但显然重要的话。

"等一等，尼克泰。让我说一句话吧。"菲立泼·斯蒂芬诺佛奇说，从信差那里脱出身来，倒在年轻的伊凡的身上了，"等一等……我马上要对你一切事情都解释明白……年轻的伊凡，……我们的生活真不过是一个梦……让我们老塞贝金做个榜样吧……你懂得吧，年轻的伊凡？让我们说——尼克泰。他坐在那里已经烂醉了，打算花那女工赛琪夫娜的薪水……那是尼克泰，但那也是塞贝金……这清楚吗？"

菲立泼·斯蒂芬诺佛奇很有意思地而且很慎重地眨着他的眼睛，然后抓住了年轻的伊凡的领口，拖他过来，春风满面地微笑着，好像整个的酒排间用金光缠住了他周身。他用简洁的令人不懂的语句，解释着无价值的尼克泰和伟大的塞贝金之间的区别。他在这中间穿插了日俄战争、那从劳兹涅来的寡妇、Lvof 的酒排间和许多别的他生平所不能忘记的琐事。他将充满酒气的呼吸喷在这迷惑的年轻的伊凡的身上，而且他在这此刻已挤满人的酒排间里的震耳欲聋的声音之上，在他面前幻出奇特的景色来，好像在那一直到此刻对于这会计员仿佛是沉闷的而且没有趣味的东西上面，揭去了一块模糊的覆布似的。

突然地，一个活泼的曲调奏起来了。奏琴人的麻一般的头发披散在那呻吟着的琴键的黑的和白的主音上。三只手在倾颓的音乐台上扯着尖音的弦弓。那无耻地张开着的嘴唇，开始含着一只笛子的狭狭的吸口，从这黑木里吸出一种清澈、高亢而颤抖的哀号来。将这一切组成了一个曲调，它摧毁你，使你心中充满一种不可能但又容易得到的快乐的应允。

从天花板上挂下来的蛋形的灯，开始以惊人的速度增大起来。年轻的伊凡直挺挺地坐在那里，十分粗野地露齿冷笑着，好像他的腮颊已经脱离了他的面孔，飘浮在烟雾朦胧的蓝色的雾幕里。尼克泰戴上帽子直立在那里，说着什么听不清楚的话。

"什么话?"这耳聋的会计叫喊着。

"我说，同志们，一趟幸福的旅行!"尼克泰叫道，指向右边，"祝你一趟幸福的旅行，会计员同志，一趟幸福的旅行! 让我喝一瓶最后的啤酒吧。"

"说下去。"年轻的伊凡喊着，他是什么都不知道了。

"尼克泰，你是喝醉了!"菲立泼·斯蒂芬诺佛奇说，摇摇他的手指，"我十分清楚地看出你是喝醉了。"

茶房十分迅速地又倒出了一瓶新的啤酒。泡沫匋匐到杯口上面。年轻的伊凡在他的口袋里摸索着，拿出钱来付账。

"啊,菲立泼·斯蒂芬诺佛奇,你得雇一部马车了。"尼克泰恭敬地说,将帽子和雨伞递给这会计。

"我们走吧,年轻的伊凡。"这会计模糊地说,用他的湿透的外套的尾端将一把椅子打翻了。

年轻的伊凡很明白,在此刻,正当生命开始微笑着的时候,要上自己家里去,这完全是不可能的,绝对愚蠢的。这样一个适意的有希望的黄昏已经开始,这是绝对必需的,要想各种方法将它继续下去。何况明天是付薪水的日子,而一生之内存一次小小的庆祝也是可能的。

"我们骑马去。"菲立泼·斯蒂芬诺佛奇说,他从酒排间里走到黑暗中去了。

"现在我们上哪里去呢,菲立泼·斯蒂芬诺佛奇?"年轻的伊凡焦急地问,心里很担忧,倘使没有地方可以去,那么什么东西都完了。

菲立泼·斯蒂芬诺佛奇张开他的雨伞,停住脚步,伸出他的手。

"年轻的伊凡,我们上我的家里去。我邀你去用夜餐。你一定受欢迎的,所以不要说什么别的话了。你可以看看我的家属。每一个人都会感到很快活。只等一分钟,年轻的伊凡。我必须告诉你,你使我感到无限快乐……答应我亲吻你……不是因为我已经喝醉……不,已经很长久……"

说完这话,菲立泼·斯蒂芬诺佛奇拥抱着年轻的伊凡,他的胡髭刺在他的眼睛上面,使他很痛。

"但是你的妻子或许会不快活,菲立泼·斯蒂芬诺佛奇?"年轻的伊凡提议说。

"倘使我说每一个人都会感到快乐,这就是说,他们会……以及骚闹的小孩们……当我们一到那边的时候，我会立即就说：'替我们预备（夜餐）吧，耶宁诺奇喀（这就是我的妻子，她叫耶宁诺奇喀，她是从劳兹涅来的）……耶宁诺奇喀，替我们预备（夜餐）吧，青鱼加洋葱、猪排加苦萝卜。'一切事物都是尽善尽美的。在一个家庭里的 Soirée intime，有如老塞贝金所说的。但是请你记住，年轻的伊凡。我是很理解青年人的。唉，我想想自己的情形就信了。至于我的螟蛉女儿，你自己去打算吧。你一定会被她的魔力所征服的。在正餐之后……你看……咖啡……和甜酒……樱桃白兰地……这般亲切的……"菲立泼·斯蒂芬诺佛奇喋喋不休地说着，他已经坐进一部马车里去，温柔地倚在年轻的伊凡的身上了。年轻的伊凡走到户外甚至变得更酒醉了。在他眼前，浮起一幅图画来：一间精致的橡木餐室，一张覆着一块浆洗过的桌布而且可以准备六人坐的桌子，放在一口橱里的木雕的山兔，以及这一类东西。

尼克泰在雨水之下，在街道的中央，站了一会儿。他没有戴帽子，凝视那赶着开去的马车。他伸出了两臂，显着一副忧郁的神气，喃喃地自语着：

"他们走他们的路去了。命运注定了他们现在要旅行到别的都会里去，我必须去……"

于是，他将帽子紧紧地扯到他的耳朵上，跨过了那积满雨水的泥潭，喃喃地说着：

"有了这许多钱——一个人难道还不能够旅行……一个人可以旅行半个世界了……但是，假使每一个会计员和会计都像这样子卷走，那么这仍旧是一种非常愚蠢的服务了。我也可以去的，去弄点儿酒喝喝。"

于是，黑暗将尼克泰包围住了。

三

　　差不多有半点钟辰光，两个人互相留心地支撑着，而且拿着毡袋和小包，菲立泼·斯蒂芬诺佛奇和年轻的伊凡爬上楼梯，到那靠近巴克洛夫斯基门的某一座房子的三层楼上，菲立泼·斯蒂芬诺佛奇就是住在那里的。他们拉了四次门铃。在门还没有打开之前，年轻的伊凡望着菲立泼·斯蒂芬诺佛奇说：

　　"这个辰光来打扰你的妻子或许不方便吧，菲立泼·斯蒂芬诺佛奇？"

　　这会计皱皱他的眉毛。

　　"假使我邀请了什么人到我家里来用餐，那么这是一定方便的。你为什么说出这话来？你是受欢迎的。我和我的妻子将感到很快活，……

Soirée intime……就是那样。"

就在这辰光，房门打开来了，一个壮美的中年妇人出现在门槛上面。她穿着一件饰着大朵的玫瑰的家制的罩裤。从她面上的神气看来，从她那卷在许多好像靠不住的彩票（当然是一种没有利益的彩票）似的纸片里的头发的特别的颤动看来，从她那反对比较的态度看来，而且也从她那两只粗大的大腿的兆祸的姿势看来（这是比家庭间的变化的霹雳更表情达意的），从这一切情形看来，可以毫不踌躇地下结论：在一个家庭的圈子里，Soirée intime 是不会有的。

但菲立泼·斯蒂芬诺佛奇非常勇敢地立在年轻的伊凡的前面，拿出了他的伙食，说：

"我不止一个人，耶宁诺奇喀——如你所看到的，我们有两个人，我们的会计员和我。我邀他来用餐的，这你也一定可以猜到的。你可以替我们预备一点儿餐食吗，你肯吗，亲爱的？我有一点儿好吃的东西带来这里，……自然，还有一点儿酒。……唉，唉……我望你能够高谊隆情地对我们……Soirée……像他所说的……intime……和某种对于太太们的甜蜜……事实上，什么事情要愉快这家庭的圈子的。"

这般地说着，菲立泼·斯蒂芬诺佛奇渐渐地胆怯起来，拖着他的厚底鞋慢慢地走，走近了他的妻子的前面。她这时候仍旧沉默地、不动地站在门口，望住她的丈夫。她那罩裤上的玫瑰更深深地而且更缓慢地起落着，菲立泼·斯蒂芬诺佛奇虽然留心着走近她身边去，打算屏住他的呼吸。但当一阵风吹到她那张开的鼻管里去的时候，她用一只手按着她的裸露的颈项，用另一只手提起她的套裤，唾在菲立泼·斯蒂芬诺佛奇的脸上，在他下颏上一把抓住了满脸的胡髭。

"滚出去，醉鬼！"她提高了喉咙尽力地喊着，声音这般响，整栋楼仿佛都听到了。

接着她回转身去，"砰"一声关上房门，发出这般一种砰礚的声音，使人听到了这声音，就会联想到这地方的每一扇窗户都倒翻了吧。

"耶宁诺奇喀，什么事？……我恳求你，……这是不好的……"菲立泼·斯蒂芬诺佛奇微弱地而且忧伤地说，用他的雨伞的把柄敲击着房门。

但是在房门之后，又是另一扇房门关上了，在那另一扇之后又是一扇关上，在那又一扇之后又是一扇关上，一直到这寓所的最底里的地方，然后什么声响都没有了。一个包着一块面巾的面孔出现在门旁的对面，漠不关心地望望，然后不见了。

"你该记得我说过，菲立泼·斯蒂芬诺佛奇，这时候是不方便的。"年轻的伊凡顺从地说，踌躇着，"或许我还是下次来吧？"

"胡说！胡说！"菲立泼·斯蒂芬诺佛奇喊道，"不要介意，年轻的伊凡。你必须清楚她是一个非常神经质的女人，但她是有一副良善的心肠的。相信我，一分钟之内什么事情都会弄好的。"

菲立泼·斯蒂芬诺佛奇用他的袖子拭拭他的腮颊，装着一副庄严的可忍耐的表情，清楚而明晰地拉了四次门铃。但是没有回答。没有放松他的尊严的表情，他又拉着门铃，然后傍着年轻的伊凡坐在楼梯上面。

"但是我有一个多么好的螟蛉女儿呢，年轻的伊凡，"他说，仿佛感到非常安慰似的，他用手臂去围住了颓丧的会计员的腰肢——"在你看到她的时候，你一定要对她发生爱情的。她是远胜于其他的美女的。当我们坐下来用餐的时候，我一定要立即就介绍给你。我是不像别的下流的父亲的……我知道我们的理想是跟着一个华尔兹舞的曲调的。"

这关于华尔兹舞的谈话使年轻的伊凡非常动心，所以他从淡淡的蒙眬里恢复过来了。

"我并不十分坏，菲立泼·斯蒂芬诺佛奇，我不会叫你落下去的。"

后来房门又打开了，这一回，是由一个苍白的、头发剪得短短的、面上生着雀斑的十二岁光景的孩子打开的。

"唉，"菲立泼·斯蒂芬诺佛奇叫着，"这是我的儿子。让我来介绍你给我的儿子吧，年轻的伊凡，尼科拉·菲立巴佛奇，市民泼洛霍洛夫。一个发明家兼热心无线电的人。母亲在哪里？"

这孩子回转身，喧闹地走进寓所里去，一句话也不说。

"或许她在厨房里烹调饭餐吧。"菲立泼·斯蒂芬诺佛奇说，嗅嗅空气，一面他将年轻的伊凡推进了黑暗的门厅里。

"你会原谅这情形吧，但这里灯是熄灭了。握住我，向前走去，同志，不要胆小。这穿堂里的路是很清楚的。"

这是应该提到的，年轻的伊凡撞在什么东西的角上了，这好像是一个衣橱似的。菲立泼·斯蒂芬诺佛奇摸索在黑暗里，打开了一扇门儿。他们走进了一间房间里去，各种各样的家具堆满了半房。在房间的中央，放着一张食桌，有溅着蓝墨水渍的漆布盖在这上面。有两条绳索横穿过这房间，在绳索上面挂着各种东西，晾干着。在一个污秽的灯架下：燃烧着一缕黯淡的光线。那个对于无线电略窥门径的人坐在桌子的一角上，将一副家制的无线电机的 headpiece 塞进他两耳朵里，而且在他的嘴的一边，伸出了舌头，好像是很卖气力似的。

"请进来，"这会计说，将他的小包放在桌子上面，做出一种欢迎的姿势，"我希望你同我们一家人一样。至于将衬衫在这里晾干——这是因为假使我们拿到屋顶上去晒，它是准会被偷了的。但这是马上可以收拾的。坐下来。沙伊喀在哪里呀？"

"上夜校去了。"他的儿子回答着，仍旧将 headpiece 塞在他的耳朵里。

"那是一件好事情。你我都没有一点儿福气，年轻的伊凡。你看，她是在学校里学习速记法，她马上可以受讨论会的雇用了。一个伶俐的姑娘！真是一件好生意！不管怎样，我们立即要将东西收拾清楚，哥尔喀，母亲在哪里？"

这孩子默默地向门的那边顿顿头。

"耶宁诺奇喀——我们来了一个客人！"

"滚出去，你这醉鬼！"从门的另一边传来了无情的叫喊声。

"这样一个神经质的女人，"菲立泼·斯蒂芬诺佛奇低语着，向年轻的伊凡眨一眨眼睛，"你请坐吧，年轻的伊凡，这是很对的。现在我们解开食物而且打开法国白兰地酒吧。我要立刻将一切东西收拾清楚。"

菲立泼·斯蒂芬诺佛奇拿去他的帽子，翘着足趾走入隔壁的房间里去。单是说，一丛玫瑰，或者一个花床，这是不够的——是一个狂风暴雨的，可怕的玫瑰花的 riviera，在那个刹那击袭到菲立泼·斯蒂芬诺佛奇的身上。

"出去，出去，无用的醉鬼呀——滚出我的眼前去吧。我要在你的头上打碎每一个瓶子，将你的食物抛到街道上。家里没有一点儿好吃的东西，租金已经有三个月不付了，哥尔喀没有靴，门厅里也没灯，而你，你这卑鄙的老醉鬼，却能够安排宴会。你怎么弄来的？我不答应你在我家里安排酒宴！那像种什么样子？而且这是在哪里赶来的？你这卑鄙的流氓。嘿！”

菲立泼·斯蒂芬诺佛奇无益地打算用他的两手从这阵痛苦的可真实的责备的狂流里去保护他自己。在明白的惊惶中，他开始继续说到关于这会计员的事情上去，可以将沙伊喀嫁给他，而且那是很简单的。这会计员不是一般的结婚，这对配偶将是适当的这样说下去。

听到了这些话，他的妻子愤怒地举起了她的手，然后在菲立泼·斯蒂芬诺佛奇的两颊上高声地咬着两个吻，好像她在一只炒锅里抛下两个油煎饼似的。许多星星浮现在菲立泼·斯蒂芬诺佛奇的面前，星星浮现起来，以一种闪光燃烧着，接着消灭了。

“唉，你敢！”用一种窒息的声音叫喊出来，有一种反抗他的妻子的老旧的野蛮的愤怒升到他的喉头，开始扼抑着他，“唉……所以你敢……”

向灯光闭住他的眼睛，用他的手指插入他的妻子的发髻间，痉挛地扯着，而且用一种非常低的声音说：

“你敢吗？哎？”

他的声音颤动着，变得比较强有力一点儿了。

“你敢吗，哎？”他更加高声地重复说着，露出了他的黄牙齿，“你敢吗，哎？”

说着这句话，他慢慢地从头到脚扯下了她的罩裤，用那些怨恨的玫瑰遮着的罩裤。于是，虽然在他的愤怒的眼睛的前面，升起了一阵雾障；但他仍旧环视着室内的四周。他立即从墙上拿下了一把日本扇，一个漆过的煤气管，一个关着一只填满东西的死金翅雀的鸟笼，从化妆台上扯去了毛绒的覆布，抓了一个落下来的花瓶，将这一切在房间中央放成一大堆，然后开始用他的脚在上面践踏着。

"闭嘴！闭嘴！"他狂暴地咆哮着，震聋了他自己的耳朵，而且在他的嘴角涨满了白沫，"闭嘴！我要你明白此地的主人是谁。我告诉你，我告诉你，将桌子安排好吧，你这娼妇！我命令你，这是最后的一句话。"

年轻的伊凡打算用他的手指去塞住耳朵，那么他可以听不到这些叫号和骚动的打击了；而且他在沉默的痛苦里，用一个小小的螺丝钻（*pocket screw*）旋开了瓶子的软木塞，悲伤地从小包里取出一卷腊肠来。后来这吵闹终于完结，而菲立泼·斯蒂芬诺佛奇也出现在食堂的门路里，满身汗淋淋的。

"我觉得很对不起，"他说，喘着气，用一块颤动着的小手帕（*pocket-handkerchief*）拭着他的鼻梁，"事实上，我的妻子觉得不舒服，所以不能够到食堂里来。我恳求你原谅她吧。这些太太们的头痛病！这样的胡闹！我们要两人一块儿喝酒。"

菲立泼·斯蒂芬诺佛奇走到碟橱旁去，在这里边摸索了许多时候，后来终于拿到两只有柄杯，放在桌子上面。他的两手互相揉揉，斜瞥年轻的伊凡。

"喝一点儿法国白兰地吗？"

他们每人都从有柄杯里喝着法国白兰地，有柄杯里有一种强烈的香皂的气息。接着他们继续吃起腊肠来了。

"吃一瓶酒头是不会痛的。"菲立泼·斯蒂芬诺佛奇用一种颤动的声音歌唱着，又倒了第二杯酒，"唯有那不吃酒的人才要头痛……这对吗，会计员？而且没有女人们，所以是如此如此的。祝你康健！"

在第二杯酒喝下去之后，年轻的伊凡的眼睛好像在眼窠里跳跃，而在他的头里响着一阵嗡嗡的声音。菲立泼·斯蒂芬诺佛奇已经将那无线电机的 headpiece 拉到了他的耳朵里，从那里传来一阵战栗的声音："而你，我的爱，将永远做世界的皇后！"

"滚出去，醉鬼们！"从寝室里传来了一阵模糊的声音。

"不准多嘴。"菲立泼·斯蒂芬诺佛奇漠不关心地喃喃说，将一片腊肠抛到房门口去。它落下来，黏在房门的门板上。

> 看看这里，又看看那里，
>
> 一切都不如你的意吗？

会计用一种痛苦的声调唱着上面的歌，笨拙地凝视一片沉重的腊肠。接着他呜咽起来，倒在年轻的伊凡的肩上了。

"你总算有苦恼一个男人的本领的，你这贱妇！而你是全世界我唯一的知己，年轻的伊凡。她将我赶到坟墓里去。她毁坏了我的青春，魔鬼会来抓她的！菲立泼·斯蒂芬诺佛奇是怎样的一个男人——我的上帝呀，是怎样的一个男人呀！一只老鹰吧！一个狮子吧！一个伯爵吧！你会相信我……靠近仁川……和一群善射者……单独的一群……"

菲立泼·斯蒂芬诺佛奇呷下了半杯 Chablis，抓着年轻的伊凡的袖口。

"会计员！我可以信任你吗？会计员，你不会将我的话泄露出去吗？"

"信任我吧，菲立泼·斯蒂芬诺佛奇，"年轻的伊凡忧伤地说，他颠倒得好像再也受不住这种苦恼了，于是开始在一种爱情、怜悯与虔敬的混杂性里哭泣起来，"信任我吧，菲立泼·斯蒂芬诺佛奇。凭上帝的名字，信任我吧，我不会泄露你的。"

"你宣誓吗？"

"我宣誓，菲立泼·斯蒂芬诺佛奇。"

菲立泼·斯蒂芬诺佛奇攲侧着，当他立起身来的时候。

"我们走吧。"

"你说走是什么意思？"传来了妻子的怨恨的嗞声，一面她出现在门路里了，"你想上哪里去，你这无用的东西？"

"不准多嘴，贱妇！"菲立泼·斯蒂芬诺佛奇蒙眬地回答着，他突然从那绳索上扯下了一对条子衬裤，拿着衬裤向他妻子的颈项打过去。

"强盗，罪人！"妻子叫着，用她裸露的两臂抱住了她脑袋的后面，"阻止他呀，他在殴打我了！"

"跟我走吧，年轻的伊凡，"菲立泼·斯蒂芬诺佛奇吩咐说，挥舞着衬裤，"紧紧地跟住我——走吧。"

年轻的伊凡挥着那属员的匣子，摸索着而且攲侧着走到黑暗的穿堂里去，紧紧地跟在菲立泼·斯蒂芬诺佛奇后面，后来终于到达楼梯上面了。一只裸露的手肘、几朵萎谢的玫瑰和那热心无线电者的可怕的面孔，立即出现在门路后面。接着房门砰然一声地关上，好像一只大炮的轰声似的。梯阶震跃起来，使这一对同事立不住脚，扶手栏杆又活过来，像愤怒的蛇儿似的动作着，好像在潮湿的小树丛里蜿蜒着，嗞声响着，一阵惊喊的回音反响在墙与墙之间。街灯在铁丝网里闪耀着，有如一颗弹丸闪在高到令人不能相信的天空，然后不见了。旁边，贴近那还当当响着的门，用她的背部贴在市民们的名牌上，紧紧地拿着一个装着一本练习簿的褐色的小书包，有一个穿着一件便宜的蓝外套和戴着一顶橘色的织帽的年轻的姑娘立在那里，咬着嘴唇。

"沙伊喀吗？"菲立泼·斯蒂芬诺佛奇叫道，疑惑地望着她的可怕的面孔（有小小的美丽的闪耀着雨滴的鬈发围在她面孔的四周），摇着他的手指，"沙伊喀。"

"你这般样子的上哪里去，爸爸？没有一把雨伞，也没有厚底鞋。"她低声说，显出一副惊讶的神气。

"那不关你的事！不准多嘴！当心你自己的事情吧！跟我来，会计员！"

快要跌落到街上去了，所以他小心地抓住大门的把手。年轻的伊凡是倚在墙壁上，迷惑地立在这年轻的姑娘前面，微笑着，没有说一句话。这显着一副烦闷的颜色的可爱的面孔，游泳在他的固定的目光之前；他努力要去捉住这面孔，但它游泳着，游泳着，还是游泳着，于是接着不见了，可以听到一阵笑声。这一切只占据了一秒钟光景。年轻的伊凡欹侧着，用两手抓着栏杆，蹒跚到街上去，几乎走到了菲立泼·斯蒂芬诺佛奇的前面。

"向西方去，"这会计向赶车的人叫道，"进来，年轻的伊凡！还有沙伊喀，哎？一个伶俐的姑娘！车夫，快点儿走！"

年轻的伊凡爬进了狭小的马车，将他的脑袋休歇在会计的肩上，于是立即想象着他们是向后赶着车子了。雨水从各方面打进车里来，落在他们的裤上和他们的脸上。《迷人的梦》这电影的五彩的映画广告游泳过去了。黑暗的都市包围他们，灯光摇动着。从电车轨道上头的电线，洒下了一阵发冷光的水滴。

向上赶去，赶过了"红的方场"，赶过了附近克里姆林的四壁的灯火朦胧的 Mausoleum，在什么地方灯火辉煌着，可以看到"红旗"飘起在黑暗的天空，有如溶化的玻璃制成似的。

于是穿过了灯火辉煌的 Iverskaya 街，穿过了马车的叮当声和汽车的呜呜声，他们赶到了 Strastone。马车停下来，于是他们都下车。一阵离奇的喧哗围绕在他们四周。喧闹的小贩们在他们鼻头前面挥着过时的菊花枝，不让他们走过去。车夫们招徕主顾，Taxi-drivers 无耻地叫喊着，请求和太太们在一部"恋爱之车"里去冒险一番吧。银的小钱散落在闪亮的水潭里。一束汽车的白光闪花了眼睛。

"你在哪里，年轻的伊凡？"响着会计的模糊的声音，"跟住我吧。"

"我在这里。"

年轻的伊凡向那声音跑去，于是转瞬间瞥见了菲立泼·斯蒂芬诺佛奇。他的一只手里拿着一束花，装着一副煞有介事的态度，另一只手，一个肥胖的太太匆促地偎在那里。很时髦地穿着一件羔羊皮的外套和戴一顶白缎帽，她拖着菲立泼·斯蒂芬诺佛奇穿过方场去，迅速地说：

"Chateau des Fleurs！我可以个人推举它的。那里有好多的小房间。实在的。"

夜间的遭遇

允许我们愉快……

一种诱人的声音歌唱在年轻的伊凡的耳朵里，而且有一只温柔的手伸进他的手臂里来。

"年轻的人，邀我去旅馆吧。"

年轻的伊凡回转身来，看见一个生着两只美丽的眼睛的苍白的面孔。一顶扯到眉间的白色的织帽触到他的肩上。

"来，亲爱的人，来，否则你会失去了你的朋友。"

"你……沙伊……喀……"年轻的伊凡困难地问道，"不……等一等……你必须先告诉我……你……是……沙伊喀吗？"

"你可以认为我是沙伊喀的。"这姑娘回答着，开始笑起来了，然后她紧紧地将自己贴在他的臂上。他们迅速地跑过了方场，给各方面溅来的水所溅湿了。

"年轻的伊凡，你在哪里？紧紧地跟住我吧！"

"我在这里，菲立泼·斯蒂芬诺佛奇，……多么黑暗呀！"

两盏电灯，两块悬在旅馆门口的野蛮地转动着的尖声响的招牌出现了。

菲立泼·斯蒂芬诺佛奇看清了这戴白帽的姑娘，他向年轻的伊凡摇摇他的手指，勇敢地让路给他的太太，困难地打开了 Chateau des Fleurs 的大门。

奇怪地而且不可解地，尼克泰的样子显现在他们面前了……

"基多伯爵跳上他的马了……"菲立泼·斯蒂芬诺佛奇用了一种可以使 Strastone 整个地方都听到的声音狂喜地说，于是，好像来回答这声音似的，一种弦琴的乐队的震耳欲聋的声音传到这旅馆的门外来。

四

　　第二天早晨，菲立泼·斯蒂芬诺佛奇在一个一定的钟头醒来……每个人，在一场纵饮之后的早晨，各有他自己醒来的方式的，而且，因为一个 Soviet 的市民是什么事情都知道的，所以事实上也就不奇怪：这个 Soviet 市民是这样醒来，另一个又是那样醒来，而第三个是宁愿不醒来，只面对着墙壁躺在那里，双眼紧闭着，徒然地等候那忘记带给他半瓶伏特加和一条黄瓜的朋友们。

　　对于那心上压积着家庭的顾虑，而且有一种 liverishness 的倾向的中年的会计们，尤其比别人感到痛苦，他们忍耐着在一个快乐的夜晚之后醒来的变化。

　　这样一个市民，在他醒来的时候，往往是躺卧着，闭着眼睛，心中非常焦急，感到心内有一种可怕的声音在响，而且听到辚辚的声音，好像他是被装在一部货车的顶上运送到什么地方去一般，他计算着喝去了多少钱，还剩下多少，而且这痛苦是否会继续到明天。接着他的膝踝猛烈地颤动着，他的脚掌感到不自然地发痒，他的眼皮摇动着，而在他的身体的中心，或许在他的肚子里，是有一种燃烧着的拖引着的感觉和一种寂寥的空虚。于是，这市民躺着身子，不敢张开眼睛来，想起昨天贪食的一切琐事，觉得很痛苦，他等待着那可怕的但不可免的时刻的到来，那时在睡榻上（一般是，在这种"酒醉"之后的醒来，往往不是躺在床上，在那正当的地方的）——那时在睡榻上会出现妻子的尖面孔，且可以听到一种熟悉的尖酸的声音："在镜里去照照你自己吧！你这老猪猡，看像个什么东西！张开你无耻的眼睛，看看你的外套的样子，背上完全是白的了。我要知道你上什么下流的地方去弄成那样子！"

我的天，这是怎样一种屈辱的醒觉呀！想一想，不过昨天，这"老猪猡"曾经和一个肥胖的太太赶着一部两轮车穿过全城去。他帽子向后戴，他手里拿着一束褪色的花，周围充满了奇怪的生活、五彩的灯光与兴奋，而且旁若无人。

是一种多少粗俗的醒觉呀！在一边是肝，在另一边是心，在前面是黑暗。可怕啊，可怕啊！

然而菲立泼·斯蒂芬诺佛奇是这般的醒过来了，在他醒来的辰光，感到了在昨夜的可笑的行动之后所要感到的一切。

在他的耳朵里，响着火车的辚辚声。他的脚底觉得奇痒。他的眼皮摇动着。他感到了一阵说不出的口渴！想要不张开他的眼睛，他开始记起了昨天黄昏的一切可笑的琐事。

"啊，"他沉思着，"这一切到底怎么会发生的？完全是由于年轻的伊凡的缘故。为什么只是年轻的伊凡的缘故呢？又只是年轻的伊凡的缘故吧，他是从哪里来的呀？但不是的，完全是由于一场可怕的家庭的吵闹的缘故。"

菲立泼·斯蒂芬诺佛奇突然地记起了昨天的家庭的纷扰的所有琐事了，想着那褪色的玫瑰、飞走的腊肠、毁坏了的鸟笼等等，于是他连发根也红涨起来了。他是被浸在一阵温暖的汗水里。接着他重新想起那发生过的一切其他事情。"这怎么会发生的呢？一个顶不适意的故事罢了。"他喃喃地说，更加紧闭着他的眼睛。

他记起了 Chateau des Fleurs 里的桌子上的纸花，粉饰着鲜明的高加索的景色的墙壁，弦琴的音乐队的曲调，镶边的青鱼，绝对喝醉了的年轻的伊凡，那要求黑葡萄酒和烟草的两位太太……一个是穿着一件羔羊皮的外套……伊赛贝莱，……另一个和年轻的伊凡一块儿的那太太……瘦削的。后来，几个穿着小小的俄国衬衫和蓝色的长裤的犹太人出现在这场面上，开始这般用力地跳着舞，好像他们想用手和脚放进天花板去似的。接着年轻的伊凡用一串枯萎的葡萄打在别人的脸上。不，这回事情或许是发生在别的地方吧。接着尼克泰劝他们上车站去。但是不，尼克泰是在还要早的辰光就出现在某地方，而这时候，他劝告……无论如何……或许不是的……那时候，或者再后来，在一间小房间里，在一只红牡鹿的多叉的鹿角下，在一个黑色的架上挂着一幅下流的图画，那穿着一件油腻的燕尾服的茶房打开一瓶香槟酒，而软木塞像一只蝴蝶似的飞走了。接着年轻的伊凡立在某种非常红的东西的中央，说着亵渎的话，而且呕吐在他的长靴上面。接着菲立泼·斯蒂芬诺佛奇在一个流着水的龙头下面灌冲他的头，于是水就流进他的领口里去了。接着他围住了伊赛贝莱的腰肢，在铁道桥下面，迅速地跑进一部轿车里，始终怕失去年轻的伊凡和尼克泰。接着在一个夜深的时刻赶到了某地方，一个光彩焕发的钟一般的红面孔闪耀在他前面。再后来还发生了什么事情，而且他怎样回到家里来的？菲立泼·斯蒂芬诺佛奇一点儿也记不起来，只能够那样地猜想，那将他带回房间里来，将他放到榻上去的，或许是管理员（*Conductor*）之类的人，否则是一个有胡髭的亚美尼亚人吧。事实上，菲立泼·斯蒂芬诺佛奇近十年来，从来不会喝得这样醉，而且做了这样不道德的行动。

这样悲伤地推想了一阵之后，这会计开始近似地计算着，回忆他曾经花去了多少钱，那是明天，或者还不如说今天就要付的，好像有五十个卢布光景，决不会再少的。还有香槟酒不知道又要勒索多少钱。菲立泼·斯蒂芬诺佛奇第二次又渗出汗来——这一回是一阵冷汗。他开始倾听着。在房间内，是奇怪地静默，只是在耳朵里，响着一阵咆哮声和迅速的辚辚声，而且好像觉得这张睡榻是左右地摆动着的。"现在不是时候还很早，一定已经很迟了。总之我昨天是过于疲倦了。唉，嗯，什么事情都让它去吧！"

他可怜地呻吟着，舒伸而且张开了他的眼睛，于是看见了他是躺在一部铁道卧车的下铺位上。天色已经十分明亮了。穿过那打着雨水的震摇着的玻璃板，灰白的影子在飞驰。咆哮着，辚辚地响着，痉挛地跳撞着，火车以最高的速度飞驶着。

伊赛贝莱坐在对面的座位上，她的白帽子歪戴在一边，在她的膝上放着一个非常大的油漆过的匣子。她迅速地在她那淡紫色的、番薯形的鼻子上扑着香粉。她的松软的大腮颊在摇动，好像一只猛狗的腮颊似的和火车的移动合上了节拍。她厚厚的耳朵摇垂着梨形的假珠子。

"怎么一回事呀？"菲立泼·斯蒂芬诺佛奇粗哑地喊道，一面他坐起来了，"我们是上哪里去？"

"晨安，"伊赛贝莱答道，"祝你幸福！我们是到列宁格勒去。"

在这会计的眼前，一切东西都变成昏黑了。

"年轻的伊凡在哪里呢？"

"你的年轻的伊凡在哪里吗？在你头上的上铺位上。我们在这里有一间和别人完全隔绝的车厢，很像一个家里的浴房。你看到吗？"

菲立泼·斯蒂芬诺佛奇偷窥那上位铺。年轻的伊凡俯卧着，他的头和两臂悬挂在一旁。

"年轻的伊凡，"菲立泼·斯蒂芬诺佛奇支吾地说，"我们在旅行呢。"

这会计员默不作声。

"你最好还是不要去打扰他吧。"伊赛贝莱说，她向前突出了肚皮，动手系着她的棉布裙羽毛带。

她系好羽毛带，有如一个兵提起长裤似的提起了她的裙子，然后摇摆着，拿她的羔羊皮外套裹住她的身体，然后又绞着两腿坐在位置上了。

"你最好还是不要去打扰他吧。他此刻是生活在一幕恋爱的戏剧里。他的妻子昨夜在克林溜走了，若无其事地离开了火车，原谅我这样说，（她是）这样一只雌狗！"

"什么妻子呀？"菲立泼·斯蒂芬诺佛奇叫道。

"正像我和你一样的情形，"伊赛贝莱娇媚地嗤嗤地笑，用她空空的荷包打着菲立泼·斯蒂芬诺佛奇黄色的颈项，"唉，男人们真不是东西！他们假装着什么事情都记不起来了。"

于是她很有意思地眨着眼睛。

菲立泼·斯蒂芬诺佛奇摸索着他的夹鼻眼镜，寻到了，于是架在他的鼻上，睇视着伊赛贝莱的两条腿。它们是丰厚的，短短的，穿着一双污秽的、坚硬的、白色的布靴，在隙缝里有皮条缝着，而靴跟已经踏烂了。

"你在梦想着什么呀？"伊赛贝莱快活地问道，更加傍着菲立泼·斯蒂芬诺佛奇坐近去。

她用她的帽子的羽毛在他鼻子下呵痒着，而且诱惑似的提起了她的裙子，一直到膝踝上面。

"不要做梦吧！嘻！这对于你是不适宜的！拿我做一个榜样吧。现在让我们来想象我们要在列宁格勒怎样地娱乐自己。"

菲立泼·斯蒂芬诺佛奇什么事情都明白了，于是觉得很怕。这时候，年轻的伊凡在他的铺位上转动着，而且呻吟起来了。

"我们在旅行吗，菲立泼·斯蒂芬诺佛奇？"他软弱地问道。

"我还以为这或许是一个梦……"

年轻的伊凡臂下挟着他的匣子，从上铺位上慢慢爬下来，摇着散乱的头发，漠然地微笑着，然后又呻吟起来了。

伊赛贝莱迅速地重整好她的帽子，更加挨近了菲立泼·斯蒂芬诺佛奇的身旁，说：

"你，年轻的伊凡（请你原谅我，青年人，因为我也像你的朋友似的叫你年轻的伊凡了），不要为那条毒蛇伤心吧。原谅我这样说，她是一个这样的鬼婆，她不懂她所对待的人们的。让她到火焰里去吧。青年人，你不要为她伤心吧。一次永远脱离了她吧。现在假使一切事情都进行得顺利，我们将要到列宁格勒了。在别的东西中间，'贱妇'真是不值钱的，何况，关于那姑娘我曾经通知过你，用我的脚在桌子下面撞过你。你那位买车票的同事可以证明我的。"

"谁买车票的？什么同事？"会计叫道。

"我不知道他是谁……你们在 Chateau des Fleurs 附近撞见他，然后以后他就跟着你们，无论去哪里……你们似乎叫他尼克泰的，神气好像一个你们的机关里的信差。"

"尼克泰，"菲立泼·斯蒂芬诺佛奇用他两手抱住了脑袋，"你听到么，年轻的伊凡？尼克泰！一点儿也不错。现在记起来了，正是尼克泰。那个下贱的、不法的信差，他在我的眼前花去了那女工的工钱。对于这一切他是应该负责任的。"

"唉！唉！一点儿也不错！他也劝告上车站去的。这是他，帮助着你弄进车厢里。他也颇有点儿薄醉了。他在车站的头等餐室里发着各种各样的话语，关于从都市到都市去旅行，关于不同的人们的命运……他快要站不稳了……于是人们开始在这时候围拢来。每一个都笑了。你知道这是令人捧腹的。我真为他感到了羞耻。"

听了这一番话之后，菲立泼·斯蒂芬诺佛奇挽着年轻的伊凡的手臂，领他走下震动着的走廊，到盥洗室里去。这一对同事将自己关在这里面，在这块狭小的地方（space）站了好一会儿，没有互相看一眼。那中间有洞的锌的地板，有如一块跳板似的在他们的脚下一起一伏地平和地摇动着。风从洗盥盆下吹进来。

一樽黄水摇荡在它的木匣子里，有一只死苍蝇伸着两腿浮在上面。可以闻到一阵新鲜的油漆的气味。灰色的影子飞过那映照着醒鼹的窗户的镜子。

"只要想一想，会计同志，"苍白的年轻的伊凡终于说了，"那个娼妇似乎从我的匣子里拿去了一百个卢布，于是车到克林的时候就在夜间下车了。请做个证人吧。"

菲立泼·斯蒂芬诺佛奇从洗盥盆里打湿了他的额角，然后软弱地垂下他的手，在他旁边。

"要我证明什么东西呢？顶要紧，年轻的伊凡，我们必须看一看到底还剩多少卢布。"

这一对同事在洗盥盆的边上坐下，开始计算起来了，好像一共还有一万七百另四个卢布和几个哥贝克。

这一对同事好像触电似的沉默了几分钟。带着一阵磨石的声音似的嗡嗡声，路轨出现又消失在地板的洞下。

"所以，再加上我们自己的卢布，我们不能够合到一万二千另九十六个卢布了。"年轻的伊凡终于说，他的面孔俯垂着。

会计窝拢他的手，将水注在这里面，他急切地喝着水，打湿了他的胡髭。

"怎么办呢？"年轻的伊凡低声说，觉得他的肚皮好像恐怖到陷进去了。

他机械地望望镜子，但看见的不是一个面孔，而是一副苍白的病青色的样子。

"怎么办呢?"

菲立泼·斯蒂芬诺佛奇又喝起水来,他竖起了眉毛,用一只颤抖的手儿拭拭他的胡髭。

"不会怎么样的。"他沉静地说,他的镇静连自己也很惊讶。

年轻的伊凡希望地望着他的长官,于是菲立泼·斯蒂芬诺佛奇突然地呵呵笑起来,而且,连自己也觉得完全出乎意料的,他还有趣而神秘地眨着眼睛。

"我们要报告吗?"年轻的伊凡畏怯地说。

"为什么要报告呢?没有用的家伙!我们在旅行,我们在旅行。这就是我们目前的事情。"

他又眨起眼睛来,抓住了年轻的伊凡的肩膀,用他的胡髭呵痒他,在胡髭上面仍旧蒸发着昨天的酒精的气味。

"你以前不曾到过列宁格勒吗?"

"不,从来不曾到过。"

"我也从来不曾到过。但据他们说,这是一个很著名的都市,一个欧罗巴的中心。当你看到它的时候,到处望望将是非常好的事情吧。你会(笑得)张开嘴来。"

"我们或许能够用种种方法来弥补这损失吧?"

菲立泼·斯蒂芬诺佛奇用一种绝对的优越和自卑的讽刺目光,注视着年轻的伊凡,然后狡猾地用他的手肘撞在他的肋骨上。

"他们还说,在列宁格勒是有这样的妇人们的,坐在旅馆里的桌子的前面,真会使你要死的。其中许多都是高等社会的出身,从前的伯爵夫人,从前的王妃……"

"这是可能的吗，菲立泼·斯蒂芬诺佛奇…… 王妃?"

这会计吮着他的嘴唇。

"我告诉你，你真会感到惊吓起来呢。这样的美人们。我们一旦到了那里，我们马上就要开始侦察的。"

年轻的伊凡的面孔红涨起来，嗤嗤笑着。

"那么这位穿着羔羊皮外套的太太是怎样的人呢?"

菲立泼·斯蒂芬诺佛奇又沉思起来了，他啜吸着上唇，庄严地在镜子里睨视他自己。

"她有什么关系呢? 我们要离开她的。"

在外面，这盥洗室门的把手不耐烦地响了好一会儿。

"我们走吧，年轻的伊凡。我们叫别人老在外面等候着呢。不要忘记拿你的匣子……顶要紧的，你不要丧心。"

他们回到车厢里去，年轻的伊凡拿着匣子在前面领路，严肃的菲立泼·斯蒂芬诺佛奇跟在后面。茶房已经收拾好床铺，而且叠摆了上铺位。在这车厢里，是有更大的房间和更多的光线了。在那放在窗前的小桌上，放着一只满装苹果的纸袋、一只熏炙的小鸡和一些面包，而一个装满伏特加的瓶子在当当地响。伊赛贝莱站在窗口，动摇不安，大声咬着一个苹果。

"你们上哪里去了? 我变得这般神经质了。你们相信吗，我甚至走到了平台上去呢? 茶房能够告诉你们这情形的。"

于是，她倚在菲立泼·斯蒂芬诺佛奇身上，她的头靠在他的肩上。菲立泼·斯蒂芬诺佛奇从这些破碎的羽毛上避开了他的鼻子，走到一边去了。伊赛贝莱表现得更神经质的样子了。一个爱人这般的举动，对那对方不会是好预兆的。啊啊，她对于满意的男人们的态度，是研究得非常清楚的。她心里也更加清楚起来，她那晚上的美丽，在白天里是绝望地失去它的一切迷惑和力量了。然而这是非常烦恼又不利的。不，她只是不肯将一笔可以好好地到手的这样便当的公款，从她的指缝里漏走。在这样的情形之下，你必须做一切事、任何事，用尽力量不让他走。于是她用尽了力量。

非常快乐而且非常迅速的，仿佛甚至连一秒钟宝贵的时间也怕失去似的，伊赛贝莱开始显出迷人的手段来了。她移近去，然后打开她的外套，露出她的肥大的胸部。她去坐在菲立泼·斯蒂芬诺佛奇的膝上，打趣似的向年轻的伊凡叫着"我们的可爱的孩子"，而且用她空空的荷包敲击着他的背脊。她匆促地撕碎了这只小鸡，一片片地拿着鸡皮温柔地塞进菲立泼·斯蒂芬诺佛奇的嘴里去。她始终喋喋不休地说着话，歌唱那特莱福斯事件的小曲。她在车厢里旋转了身子，那么她的面孔可以完全避去光线，而且有如一只小猫似的，她爬进这车座的顶黑暗的角落里，坐在那里，嗤嗤笑着。

接着她跑到走廊，用一种反复的、尖锐的声音唤叫着茶房。几个从伏尔斯忒洛耶回到列宁格勒去的工人们，从隔壁那一个车厢里疑惑地偷窥着，考察着她斜戴的帽子和布靴。向工人们送媚眼，她一边向茶房说那一个下人显得像个"可爱的人"，一边要他拿一只杯来。

茶房拿了一只有柄的杯来，于是她说，"请你尽量地吃鸡吧，不要客气"。然后她在有柄杯内酌半杯伏特加，递给菲立泼·期蒂芬诺佛奇，去利用他。年轻的伊凡也喝起酒来了。这茶房也没有客气，只喝着，还咳嗽着，也拿了一点儿小鸡，在门路里客气地立了片刻，然后，吮着他的胡髭，走开了。接着伊赛贝莱尝了一尝伏特加，壅塞着气，开始呜咽地说：

"我是当不住这伏特加的。我崇拜那太太们喝的酒——十一号的黑葡萄酒！"

喝了酒之后，这会计又灵活起来，他自卑的自信力和优越的感情又恢复过来了。他在破匣子里找出了一支"大使牌"的纸烟，非常粗厚的而且潮湿的，他困难地燃着了，扮着歪脸；接着还说，那三十度强烈的伏特加，算不了什么东西，那是可以喝的，在旧日，老塞贝金曾经在 Lvof 的酒排间，喝过那使人惊骇的伏特加。

"他们说，他们不久就要卖四十度强烈的伏特加了，"伊赛贝莱迅速地赞助着，"假使我们有这样的福气生活到那时候，那么我们要一块儿喝这种伏特加的。"

"很容易的。"年轻的伊凡说。

于是他们喝完了伏特加。这样不适意地醒转来，是使他们的精神受到了损害，但此刻是恢复过来了。年轻的伊凡有点轻薄醉，他懒洋洋地伸出他污秽的长靴，开始梦想着一个理想的年轻的姑娘，他可以带了她，乘在一部马车里去旅行，他们要拥抱着而且亲吻着。于是一顶橘色的织帽和一个秀丽的面孔，带着烦闷的颜色，飘过了他的面前了。他努力想去拦住这面孔，但是，和以前的情形一样，它游泳着，游泳着，然后突然地飘了过去，不见了。于是，年轻的伊凡将他的腮颊依贴在桌上，悲伤地默想着，"我们的恋人们的脚经过小小的路上，已经有草儿生长在那里了"。

伊赛贝莱对他那句话解释着，迁就地敲着他的脑袋。

"不要感到孤独呀，年轻的伊凡。忘记了那个贱妇吧。我们到了之后，我要在列宁格勒的我的朋友之中，介绍一个给你，而且她决不会使你感到孤独的，你可以十分相信。"

菲立泼·斯蒂芬诺佛奇将烟草的烟雾吹进他的鼻子里去，然后说：

"我们要看一看你的列宁格勒是怎样的一种都市。我们要考察一下。"

"你们一定会很满意。那里有佛拉德米尔俱乐部。你可以想象的，在酒馆里，有这般绝世的美人，一直到早晨五点钟；轮盘赌是通宵玩着的。我在列宁格勒的朋友之中的一个，虽然或许没有我和年轻的伊凡谈起过的朋友有趣，但是，请相信我，她一个晚上赢了一千另四十个卢布呢，可是第二天，这笔钱，她在电车上被别人抢去了……还有，在列宁格勒，到处都是树荫路。只要有一条街道的地方，就可以找到一条树荫路。"

"嗯，是的。譬如说，像 Nevski Prospect 就是。"菲立泼·斯蒂芬诺佛奇肯定地说，"在我，这不是一个新闻。我们将要看一看，我们要巡视一转，那是一定的。"

他已经耐不住，要更快地上那里去。

这时候，火车驰过了一条轨道，直到有如一条界尺似的，它以最高速度向列宁格勒前进。

那低低的，湿漉漉的，雨打过的平地，长满了丛树或小小的矮树林，它懒懒地闪过去了——更接近着轨道，它也闪得更快了——而在地平线上，好像稳稳地不动似的，似乎像是乌黑的烧残了的残干似的。在六秒钟之间，那细长的给雨水打得乌黑的电杆木闪过去了。锯开了的湿瀌瀌的桦树木头，堆成了一个尖角，迅速地驰过中间的车站去——锄过的蔬菜园、田野、旗手的茅房。

茶房拿着车票进来，请付睡车票的钱。菲立泼·斯蒂芬诺佛奇吩咐年轻的伊凡，于是他付了钱。茶房接到外加的三个卢布的小账之后，他说明，他们在十分钟之内就可以到列宁格勒，还恭贺他们一路平安。菲立泼·斯蒂芬诺佛奇仔细地看过了车票，然后递给年轻的伊凡。

"将这些收据藏在文书夹里，年轻的伊凡。"他用一种像煞有介事的、干燥无味的口气说。在机关里，他时常用这种口气对他的属下说话。于是，在他颠倒的想象里，这一趟旅行好像完全是受委办的为国家大事的一件事务似的了。

从车窗里，开始可以看到凉亭，这是瑞典式的木屋。篱笆、铁路的交叉处（在这后面，立着那城里的轿车夫们）、某种建筑物的半颓的砖墙闪驰过去了。荒废的水池、某种倾颓了的装水的构造的一个骨架悬挂在空中……接着展开了一条长而沉闷的水流。这水渐渐地阔大起来，变得好像一条河流了。在这水流后面，穿过了模糊的雾气，一片白色的地面的雾气，一种会使你发生不适意的寒冷的感觉的景色，通过了一个大市镇的昏黑的烟雾。火车已经在货车和预备轨道中间驶过去了。挂在走廊的窗门之间的各种药水的五彩广告突然失去了它们的颜色，显出一种半黑色了。车子驶进火车站，然后停下来。列宁格勒的脚夫们走进（车里）来。

"我们到这里了。"伊赛贝莱说，在她身上画了一个十字。她抓在菲立泼·斯蒂芬诺佛奇的手臂下面，用一种像煞有介事的口气补添说：

"我想，亲爱的人，我们马上上'卫生旅馆'去吧。"

这会计忧郁地举着年轻的伊凡，好像在找寻救援而又找不到似的。

"年轻的伊凡，我们要上'卫生旅馆'去吗——我们要去吗?"

"我们可以上'卫生旅馆'去的，菲立泼·斯蒂芬诺佛奇。"

这三个人都烦躁地立了片刻，然后从车厢里爬到月台上面。

从那车站龌龊的踏阶上，他们第一眼看到列宁格勒：一个广大的石砌的方场，四面围着无数的房屋，而房屋仿佛都用一块湿漉漉的海绵拂拭过似的。在方场的中央，一个高大而肥胖的沙皇雕像建立在那里。他长着胡髭，好像一个农夫。马缰低垂着，两腿横跨着，他沉重地坐在一匹高大的马上面。他宽阔的、执拗的前额朝着火车站，好像他想将这火车站从它的地位移开似的。在座盘上面，写着几行白色的大字，起首是这样的："你的儿子和你的父亲被人民所处决了。"这匹马和它的骑者的体积（size），遮住了一条笔直的街道；而街上的空气在微雨中显得似乎是蔚蓝色。到处闪耀着已明未灭的灯火的反影，有如金子一般。可怜的电车周身贴满标语（label）和广告，好像那被（人）携带着周游过世界的箱箧一般，在方场四周辘辘地响。在方场后面，可以猜到那里一定有一个不知名的大都市。这大都市用它那此刻还不知道的街道的新奇诱惑着，恐吓着，用它那淡蓝色的细小的灯光丢着眼风，用各种方法暗示那里有宫殿，有桥梁，有河流，到时候就会呈现在访客们之前。

菲立泼·斯蒂芬诺佛奇和年轻的伊凡站在踏阶的顶上，深吸着列宁格勒湿润的空气。他们拍拍装满了（钞票）的边袋，互相望望，而且互相同时感到一种飘飘然，一种恐惧心，而且或许感到一种快活的情绪吧。

"唉，嗯，不管它，我们现在既已到了这里，我们要尽量地享受一下。"

几个戴眼镜的、穿着大而长短合度的外套的外国人，装了顶讲究的箱箧，乘着"国际车"到了列宁格勒，他们坐在一部雇来的车里，不无疑惑地凝视着这没有行李的两男一女爬进了一部特别的车子，飞快地赶上一条宽阔的列宁格勒街道的三个奇怪的俄国人。这车子在 Nevski Prospect 的破碎的铺路上可怕地摇动着，而伊赛贝莱是在会计和会计员的瘦削的膝踝间摇上摇下的动着。她那皱缩的雨打过的帽子，看起来好像一只海上的海鸥似的。

年轻的伊凡用肩膀向菲立泼·斯蒂芬诺佛奇无声地轻触示意，一面凝视着伊赛贝莱的背脊，好像在说："现在怎么办呢?"菲立泼·斯蒂芬诺佛奇一只眼睛半闭着，装出一副可怕的烦躁样子，摇着他的头，好像在说："没有什么，我们无论如何总要想法避开她。"

至于伊赛贝莱，仍旧不断地在他们膝上继续弹动着，一面在沉思："我只要能够同你们，亲爱的人，到了'卫生旅馆'，一旦到了那里，你们就不能够逃出我的范围了!"

五

"我爱你，彼得的创造物"——普希金。

三天之后，菲立泼·斯蒂芬诺佛奇和年轻的伊凡坐在"卫生旅馆"的房间里，蒙眬地喝着十一号的黑葡萄酒。

"现在做什么事情呢?"年轻的伊凡低声说。

"这就是唯一的事情。"菲立泼·斯蒂芬诺佛奇也低声地回答。

"这真是一个奇怪的都市，菲立泼·斯蒂芬诺佛奇——钱很多，什么东西都便宜，但我们没有地方好去娱乐。"

"那完全是在于你所谓娱乐的东西……但这是有点儿愚蠢的。"

"顺便说起，我想在这几天之内去买一把六弦琴。我要买一把六弦琴来学习奏琴。"

"一把六弦琴？"菲立泼·斯蒂芬诺佛奇梦一般的吐出了烟气，打着呵欠，用他的手掌在杯子的顶上击着，"一把五弦琴或许更好点儿吧——否则就买一把曼陀林。意大利人欢喜用曼陀林奏良宵幽情曲的。"

"我可以买一把曼陀林的，菲立泼·斯蒂芬诺佛奇。"

于是谈话就消沉下去了。

事情真是有点儿愚蠢的。一种光荣的生命的希望是并不能够实现。

在他们到了旅馆里之后，伊赛贝莱立刻就不见了，过了好一会儿之后，她才带了那个答应介绍给年轻的伊凡的朋友。这位朋友是一个瘦削的、懒怠的而且惊人地高高的姑娘，她叫莫尔喀。走进了室内之后，莫尔喀就拿去了她的皮做的帽子，在镜子前面梳梳她稀少的鬈发。于是，穿着她潮湿的外套，态度很自然地坐到菲立泼·斯蒂芬诺佛奇的膝上去。"一个人不可以这样愚蠢的，"她懒洋洋地说，将她尖尖的下颏贴到他的胸膛上，"忘记你的恋爱，让我们来开始娱乐吧。给我四十个卢布的礼物吧。"——"莫尔喀，你不要坐在我的男人的身上呀，"伊赛贝莱叫着，开始笑起来了，"去坐在你自己的新郎身上吧！"于是，莫尔喀就从容地从这会计的膝上立起来，说声"原谅我"。她看见墙上有一个虱子在那儿，于是立刻用手指杀死它，然后去坐在年轻的伊凡的膝上。"忘记你的恋爱，"她说，"让我们来娱乐吧。给我四十卢布的礼物吧。让我们来干正经事情。"年轻的伊凡很昏乱——答应给这礼物。接着他们上 Five Corners 的酒排间里去用餐。在用餐的时候，他们喝了酒。用完餐之后，他们赶着车上一个影戏院里去。这部影片并没有使他们感到趣味——白军的长官们击射着一个共产党，兵士们在马上野蛮地奔驰着，挥着腰刀，红色的烟雾卷绕着，另外一个兵士拖着一架机关枪上屋顶去，经过了这一切，坐着一个 Cocotte，抽着一支纸烟，嗅着花朵——当然，拿他们所有的钱，他们可以看到一点儿比这更有趣味的物事呢！所以他们雇了一部车子，上另外一个影戏院里去获更大的娱乐去，但他们也失望了。他们没有看一看广告，当进去之后坐下来的时候，看见在蓝色的帐幕上，依旧是同样的兵士拖着一架机关枪上屋顶去。可是，他们（这回）没有走：瞎花钱真是罪过的事情！他们一直将这张片子看完，然后雇了一部车子，去寻一个旅馆和更大的娱乐。他们在那里看到了穿着蓝色的长裤跳着 Gopak 的乌克兰人，和他们在莫斯科所看到一样的。用纸的丽绷扎着的假花，放在桌上，嘴里塞满了洋芫荽的青鱼，有彩色的调味品盖在上面，太太们不是要十一号黑葡萄酒，就是要橘子，要榨出的鱼子酱——一切要花钱的东西——，而且她们各人轮流地离开桌旁，要求两个卢布更衣室费。他们这般地饮着，一直到关门的时候，然后他们喝得醉醺醺的，再到有名的佛拉德米尔俱乐部去继续痛饮。在这俱乐部里，有放在青色的木盘的真正的棕榈叶，而人们都赌着轮盘赌。那挂在室内的烟雾好像一阵云霞似的，而在平台上，他们已经在那里跳着 Gopak 了。这一对同事和他们的太太们坐在大厅里，但年轻的伊凡却逼着自己到台上去，要想表示出一对对的样子来，所以他们移到一间小房间里去了。他们并没有想吃东西的食欲，但他们却吃着猪排，喝着黑葡萄酒、白葡萄酒、啤酒——无论什么东西。由于白葡萄酒的效力，当他们喉咙开始发烧，而他们眼睛开始变成绯红的时候，他们走到赌场里去了。他们怎样赌钱这里需要描写吗？这是大家都知道的吧！玩轮盘赌，他们运气很好；玩纸牌（*Baccarat*）——运气就不行了。这对儿太太非常兴奋，要钱赌运气，她们从这张桌子跑到那张桌子去，红涨着面孔，使着性，到处奔波着下赌注。接着玩轮盘赌一点儿运气也没有，玩纸牌倒有点儿的。这样一直继续到上午四点钟。然后他们混入几个有趣的家伙的队里，就和这几个同样的人，到一间有一张披霞娜放着的房间里去耽搁时间。两个歌者娱乐着他们，而且喝了许多伏特加。那以后的事情，他们只有一种朦胧的概念了。付给这几个跳舞的乌克兰人三十个卢布，夜餐不算在内，付给唱歌的十五个卢布，车子一个卢布，但是那些有趣的家伙却更花钱，平均每一个要二十个卢布！而且，为了不伤这两位太太的感情，她们也各人得到了二十个卢布。

他们到大清早才赶着马车回到旅馆。他们起来很迟，喝了苏打水又喝了啤酒，又吃着价钱很贵的梨子，但没有因此得到丝毫的满足。在用正餐之前，他们关在盥洗室里，计算他们的钱。然后他们坐着马车出去用餐，反复说着昨天所做的事情。

但是为了这（缘故），这一对同事并没有看到列宁格勒，虽然这有名的都市是环绕着而且几乎接触着他们，用它不知名的街道的灯光在雾里闪烁着。他们始终想逃脱这两个太太的监视，好好去看一看列宁格勒的诱惑——从前的伯爵夫人们、从前的王妃们入萧莫华乐队（*Shoumouboy Orchestra*）、酒排间和许多他们在佛拉德米尔俱乐部的时候从那些有趣的家伙那儿听来的别的物事，但是他们可办不到！伊赛贝莱着手将菲立泼·斯蒂芬诺佛奇抓在掌握里，而且决定了她的行动方针，不让他一个人上任何地方去。假使她要离开"卫生旅馆"片刻，那么她叫莫尔喀来看守着他们。

此刻，伊赛贝莱上市镇买东西去了。莫尔喀躺在隔壁房间里的一张睡榻上，一面用一枚压发针戳着她的耳朵，一面不断地从那开着的房门里偷窥着，看看这两个男人是否依旧在那里，在一块谈天。为了这理由，所以菲立泼·斯蒂芬诺佛奇和年轻的伊凡低声闲谈着。

"但是在这都市里去巡视一转怎么样呢？"年轻的伊凡沉默了一会儿之后说。

"去巡视一转是很好的，"菲立泼·斯蒂芬诺佛奇回答，"祝康健！"

这对同事叮当地响着杯子，拿了一片梨头。

"我想，菲立泼·斯蒂芬诺佛奇，假使我们决定了要巡游一转，我们最好就去巡游吧。为什么要和这些女人们花费我们的时间呢？"

"你觉得这样吗？"菲立泼·斯蒂芬诺佛奇说，扭歪了他的眼睛。

"嗯，还有什么事情吗？我们好走吗？"

"很好，我们走吧。"

这会计站起来，披上外套。在这辰光，莫尔喀懒洋洋地从睡榻上立起身来，向门外叫出去：

"我们上哪里去呢？我们要等伊赛贝莱吗，市民们？她什么时候都可以回来的。"

菲立泼·斯蒂芬诺佛奇目空一切地睁视住她。

"你，疯人呀，还是躺在睡榻上吧。这不关你的事。我们走吧，年轻的伊凡。"

"我觉得很可笑呢，"莫尔喀说，带点怒意，"至于你，年轻的伊凡。我觉得这样对付女孩子是可耻的。"

年轻的伊凡装着没有听到她的话，将他的外套披上。莫尔喀走到了他的面前，抓住他这属员的匣子。

"我并不稀罕你这东西，年轻的伊凡。"（这会计员默默地离开了她的身边）"你为什么不说话？"

不知道怎样办才好，莫尔喀想装作呜咽和晕厥的样子，但是由于她天然的懒惰和绝对不会使气的缘故吧，所以并没有装成功。当她刚刚做到伸出两手，装出一种古怪的声音的时候，菲立泼·斯蒂芬诺佛奇就露出了他的黄牙齿，喊着：

"不许响！"

她很怕。莫尔喀畏缩着，且娇啼起来了。菲立泼·斯蒂芬诺佛奇闭拢了他的黄牙齿，静静地吩咐道：

"会计员同志，赔偿你的年轻的太太吧！"

年轻的伊凡从口袋拿出四十个卢布，沉思着，再加上了二十个，递给莫尔喀。

"谢谢你。"莫尔喀说，将这些钞票塞进她的袜子里，于是懒洋洋回到睡榻上去。

这一对同事得了救，走出旅馆的门外去了，但是只不过在街上走了十码路光景，他们就几乎面对面地逢到那赶着一部美丽的马车回来的伊赛贝莱。她戴了一顶饰着羽毛的粉红帽子，许多小包堆在她的四周，她不耐烦地催促车夫，用一把青色的新雨伞轻击他的背脊。在她那软弱而兴奋的脸上，那淡紫色的香粉在雨水里流去了。她的耳环正打在她脸上。她好像被一种厄运的预兆毁坏着。她已经在责备自己在镇上勾留的时间太长了。这是很对的，她已经安排好她的一切事情——在银行里存了四百七十个卢布，买了一顶帽、一把雨伞、长靴、一件衣料，还定了两件雅致的睡衣——但这毕竟不是聪明的事情，让莫尔喀在那里当心那两个男人。一个男人真是一种靠不住的东西，尤其是他有钱在口袋里。

伊赛贝莱非常焦急：一阵密密的水汽从马上升起来。

"唉……唉……唉……伊赛贝莱。"菲立泼·斯蒂芬诺佛奇微弱地叫着，露出一脸伪善的微笑，当他正预备去和他那走近来的女朋友的目光相逢的时候，一部列宁格勒织物公司的长而溅满了油渍的货车，从角落里弯过来，横隔在他们中间。

"她不会看见我们了，"年轻的伊凡低声说，"的确，她不会看见我们了。菲立泼·斯蒂芬诺佛奇，我们可以混过去了。你躲好!"

说了这几句话之后，他拖着这颓丧的会计弯到顶附近的路上去，所以伊赛贝莱没有看到他们，将车子赶过去了。在路上站了约五分钟光景，这一对同事才露出面来，跳进一部马车。

"你们想上哪里去?"

"随你便，同志——只要快，"菲立泼·斯蒂芬诺佛奇喘不过气来地喊着，"给你五个卢布。"

车夫知道这是一件非同小可的买卖，于是像爬进马镫似的爬上了他的座位，四面望望，拿着他的缰绳摇着马，而且这般尖锐地叫了一声，这动物听命奔驰去，一直继续到这一对同事脱离了危险。

当伊赛贝莱到了"卫生旅馆"，看见那两个男人已经不在那里的时候所发生的事情，这是不难想象的。在这两个女人之间所发生的吵架，是十分猛烈的，戏剧似的而且短促的，是充满了这许多叫号、神气、呼喊、眼泪、危险的举动和责骂，假使这一切用一句简单的话来说明，那么这是一场绝望的事情。

这时候，这一对同事是在那宽阔的、颇空洞的、笼罩着水汽的树荫路上赶着车，他们和这马车夫闲谈着。

"啊，车夫，我们就是要这样，"菲立泼·斯蒂芬诺佛奇说，渐渐地恢复他平日的优越与尊严了，"车夫，就只要赶着我们上主要的街道去。我们从都城里有公事来的，因为我们既然到了此地，所以就想巡游一转。你懂得么？"

"我懂得的，"车夫叹息了一声回答，斜瞥着他的乘客，他自己默想着，"我们知道你们这些游客的：巡游一转，然后上了路，说一声再会！"但他却回答："是的，先生，我知道了。"

"那么你可以这样地赶着我们巡游吗？"

"近来燕麦非常贵呢。"车夫说，带几分自语的样子。

"嗯，你赶着我们上各处去，将那顶有趣味的、顶重要的地方带我们看，不要为燕麦不快活，我们多给你一点儿钱就好了。"

"多谢多谢。我们要尽力做那我们所能做到的。但是首先要解决的，是你们对于什么感兴趣？……譬如说，先生，这里附近就是佛拉德米尔俱乐部。……要我带你们上那里去吗？有些绅士们是喜欢那些地方的……顺便说，他们有真正的棕榈叶放在那里的。"

"不，天呀，不上那里去，当然不上那里去的。你尽可能让我们远离那佛拉德米尔俱乐部吧。上 Nevski Prospect，或者上那有大桥的地方去，那么我们可以看到各种各样的纪念物了。"

"我们可以上 Nevski Prospect 去的，不过近来我们叫它'十月二十五号街'了。在那里，我们可以看到桥梁和古铜的马的雕像。假使我们从'十月二十五号街'再赶过去，我们可以到那商场的中心点，再过去，可以到玛尔斯开耶街。那里，在右边，你可以看到 General Staff 的机关和从前住过沙皇的冬宫，还有那国立美术馆。那些都是值得一看的地方，假使这就是你们所要看的。"

"好的，赶我们上那里去吧——随你上哪里去。"

"走呀，向右转，亲爱的。"

车夫摇摇他的缰绳，于是在这两位旅行者的眼前，那故都威皇的美景，继续不断地游泳过去了。

Nevski Prospect 展开了它所有说不出的辽阔与悠远，它所有尚未放光的街灯木，它的寥落的路人，它的店铺、公司、Boot Cleaners、小贩们，一直到远处尽头的地方的有名的尖塔。在伊开提立那方场的栏杆后面，他们一眼瞥见了那静寂的"女皇"，精光的树枝打着她，被灰尘遮得污黑。两岸砌着灰白的花岗石的玛伊喀河黯黑的河水，怀恨地反映着拱桥和高耸的房子，所有的样子都相仿的，有着那好像画在硬纸板上然后剪下来似的数不清的窗门。而树荫路似乎时常是向更辽远的地方展伸过去，仿佛它永远不会有尽头似的。

"这里就是玛尔斯开耶。"车夫说，转向右边去了。

在狭狭的弯曲的街道上，沉默主宰着。

"而那里是 General Staff 的拱门。"

当他说着这话的时候，在这对同事的面前，突然地出现了一座黯红色的拱廊，和两座国家建筑物一块毗连着。

在前面，在一边，可以看到一口建立在柱上的大自鸣钟。在拱门下，有一半被自鸣钟所遮住的，可以看到一部分保护得很好的铺路。

在黑暗的拱门下疾驰了过去，车夫将车子赶到了 Dvorzovaya 方场，于是在他们面前，展开了一种非常美丽而庄严的景色。在这方场的所有小小的圆卵石过去，排立成有如一块马蹄铁似的，耸立着好多威皇的建筑物。在另一边，可以看到那冬宫，一个被雨打得很凄惨的红褐色的大建筑物。在屋顶上，有一大群雕像。在这方场上，没有一个人，在方场的中央，袅娜地、坚固地耸着那细长的胜利柱（*Triumphal Column*）。这圆柱是高耸云霄的，那在柱顶上负着十字架的天使，好像胜利地翱翔在死寂的、空虚的、变成石头似的宇宙的苍穹之上，在天空中，因此（对它）只能有一种可能的形容："帝国"。

"这里没有佛拉德米尔俱乐部来苦恼你了，同志，"菲立泼·斯蒂芬诺佛奇用这样一种口气说，使人想起这一切，好像完全由他亲手做成似的，"你对于这一切做何感想，会计员？"

"有什么感想呢？这是一个古怪的方场，菲立泼·斯蒂芬诺佛奇，威皇的！"

车夫横过了方场，又赶过那为庆祝十月而坚固地搭在那里的讲演台，又紧贴着冬宫旁边的洋台下赶了过去，转向码头。一阵狂风开始吹起来。黄色的河水打着那桥的支柱。尼伐河离奇地澎涨着而且愤怒着。

赶过了这澎涨的河流之后，他们沿着码头边赶着车，经过了美丽的房子和围地。菲立泼·斯蒂芬诺佛奇再不能够留心其他的东西了。他是沉浸在他所看到的一切东西之中。在他的牵强附会的想象里，他看见了一幅为他实际上所未曾看到的混合的图画——卫兵校场，或者高等社会的职掌，国皇的款待和卫兵的酒宴的图画。御车停在想象中的宫殿的中庭里，骑兵卫队的最高长官摸着那饰着金鹰的铠胄，闪亮的刀剑括削过光滑的地板，踢马刺接触了，可又锵锵地离开了，小厮们搬来喷着白沫的香槟酒……而基多伯爵，将他附有光亮的踢马刺的长靴踏上了一匹耀眼的、张开着红鼻管的黑战马的马镫，停息在又回转在这一切的中央，他的帽子装饰着一根鸵鸟羽毛，一朵玫瑰花饰在他的胸上。

这时候，车夫已经在这元老院方场，在彼得大帝像前，停了好一会儿，而年轻的伊凡已经登上了基脚边的光滑的踏阶，他的小小的手刚好伸到这后脚立着的马的毁残的肚皮边，在它的肋上写下了："莫尔喀，你是一个呆子！"他的长腿摇摆着，他粗糙的面孔转向尼伐河，他的手遥指远方的某地——有戴着桂冠的大彼得坐在那里。在远方，可以想象到，在那令人蛊惑的黑暗中，有着船只的桅樯和码头。早来的黄昏，匍匐过这辽阔而骚乱的河水。

菲立泼·斯蒂芬诺佛奇也登上了台脚，在马的两只后足之间站了一会儿，仔细地观察它那坚硬的又飘动的尾巴。

接着，这一对同事开始感到饥饿了，而年轻的伊凡除了饥饿之外，还迫不及待地要去考察那还没有看到过的赏心乐事，要去见识那从前的王妃们，所以就吩咐车夫赶到可以弄点儿餐食吃，弄点儿酒喝的地方去。

车夫赶着他们经过了各个政府机关，赶过圣·伊萨克的大礼拜堂，由另一条路转向 Nevski Prospect 去。然而，这有名的大礼拜堂并没有在这两个旅行者的心上引起寻常的印象，而那掩藏在列柱中间的伊萨克长着一个摩洛哥土人的脑袋，盖着一顶三角形的拜占庭帝国（*Byzantine*）的金帽，遥遥地而又责备似的凝视在他们后面。

心满意足地而又昏乱地过了片刻之后，这一对同事在雾气里迅速地赶着车子，赶到那已经灯光辉煌的 Nevski Prospect，走进了欧罗巴饭店里的有名的酒排间。在一点钟之后，欧罗巴饭店里的门房为纸烟奔跑在角落里，他看见一群人从酒排间的门里滚出去。两个人，一个瘦的，一个高的，在前面跑着。在他们后面，有一个穿着一件宽大的外套，抽着一只烟斗的，被四个兴奋的姑娘抓住了他的两臂的青年人。烟斗里的火花飞散在黑暗里。

"绅士们，带我去吧！""也带我去吧！"这些姑娘们尖声叫着，喊着，从四面推撞着这青年人。于是这青年人说道："让（我）走吧，莫尔喀；放了我吧，莫尔喀。放松了我吧。我们什么人都不要带。让（我们）走吧——走吧，去溺死你自己。""但你带了丽亚尔喀吧，丽亚尔喀是一个男爵夫人！""见她鬼的男爵夫人！不要抓住我的外套！现在等着吧，你这可怜虫！"这样喊了几声之后，这三个男人走进了一部有如囚车似的车子，砰然一声地关上门。

车夫开起引擎来，于是车子驶走了。从那开着的窗门伸出了一只手，向姑娘们抛去一束零落的菊花。

"赶到喀密诺夫忒洛夫斯基去。"

车子移动着。从窗门探出一个头来，向街上叫着：

"替皇帝预备食物吧！Au revoir，亲爱的人们！问候我们的朋友们！"

于是车子驰开去了。

六

"这就是所谓高等社会吗？"

"当然。"

"不说谎么？"

"绝对不说谎的。"

"那么……皇帝呢？"

"嗯，你或许可以看到的。"

"你明白吗，会计员？你为什么不说话呢？唉，同志，我知道你完全喝醉了……就是为了这个原因吧，这是很明白的。"

接着车子震撼着驶过一条很长的桥，到了一个停止的地方。白色的灯光照耀在一座高大的别墅的围墙上面。

"我们是住在此地的。"这拿着烟筒的年轻的男人说，于是他打开车门。

菲立泼·斯蒂芬诺佛奇走下车，伸着两腿，说：

"我们现在可以看……我们可以看……我们可以四处看一看了。"

"那么伯爵……夫人们呢？"年轻的伊凡不清醒地说，长长的一列灯光，回旋在他的瞬闪的眼前。

"你们可以看到了。"

"但他们可是真的……不是假冒的吗？"

这青年人在这房子的高大的门上按着门铃。门打开了，一个系着白色的吊袜带而且穿着镀金扣的红色的特别衣服的白发的男用人，出现在这一对同事的前面。

"朋友们，朋友们，"这青年人迅速地说，"进来吧，市民们，我请你们。而你，仆人同志，跑到楼上去，叫他们知道什么事情都很好。你可以说，几个平常的绅士，从莫斯科来的，……快点儿！我请你们进来，绅士们。"

这男仆人走开了，于是这两位从莫斯科来的绅士，被这显得口若悬河姿势的青年人向前推去，走进这房子的厅堂，看到了他们从来没有看到过的华贵的东西，他们瞠目结舌地站住了。他们的样子反映在两旁的镜子里，每一面镜子都有跳舞厅里的地板那么大，有许多烛盘燃烧在柱石上面。一个侍者负责拿去他们的外套，于是他们感到十分不安，嗤嗤笑着，好像他们是赤条条地立在一个洗澡的建筑物里。在楼梯下面放着一张小桌子，有一个穿着一件织的短衫的年轻的太太坐在那里，在售卖门票。付清了钱，菲立泼·斯蒂芬诺佛奇在他的鼻上整理好他的夹鼻眼镜，用力拉拉他的结子，酩酊地从他鼻子里哼出声音来：

"那么现在……"

"更多的生命！更多的兴奋，绅士们！"这青年人说，向那售门票的年轻的太太眨一眨眼睛，挽住了年轻的伊凡的手臂——"跟我来，我的主人们，我立刻要领你们到那些在 U.S.S.R. 的顶美妙的沙龙之一个里去。上楼，再笔直走。"

说了这几句话之后，他用一种友谊的态度围住菲立泼·斯蒂芬诺佛奇的腰肢，匆匆地带他和伊凡走上那大理石的楼梯，两步跨一步地走着。他的暗蓝色的天鹅绒的短衫映在镜子里，似乎像一个移动的钟的影子似的。他的长结子飘荡在空中，飞旋了他的瘦长的颈项。他的条子裤好像全部在移动。他美丽的眼睛适当地配在他的鼻子的两边，狡猾地，好恶意地，什么东西都留心看到。他深陷的两颊好像被他昏暗的胡髭的效力映成了蓝色。火花从他的烟斗飞散开来。

他们这般样子地跑进那第一个房间，这是灯烛辉煌的，不过好空洞的，除了在那顶远的角落里闪耀着一口打开了的大钢琴。在钢琴前面，有一个人坐在那里，但这人的模样却看不清楚。这人用一个手指挑着一个流行的歌曲的领音，在每个领音之间要停滞许多时候。在第二间房间的中央，映在那非常光滑的地板上面，有一个副官在装模作样，他的身体支持在他的腰刀上面。他用力扯着他剪短了的胡髭。

"高等社会在哪里，帕莱斯基?"这年轻人问着，一面匆忙地走着。副官要引起别人注意他，用踢马刺作着啪嗒声。

"高等社会是在那蓝色的客厅里，"他说，俯下身来，可以看到他那头发，从前额到颈背平齐地分开着，"乔治，给我三个卢布吧。我是什么东西都丧失在桌上了。"

这年轻人只将他挥到一边去。

"走开吧。有千千万万卢布希望的时候,三个卢布算什么呢?"

"你有看到吗?"菲立泼·斯蒂芬诺佛奇低声说,"你现在要说什么话,会计员?"

但会计员一句话也说不出来,因为他完全喝醉了,他只不可理解地微笑着。于是菲立泼·斯蒂芬诺佛奇补添说:

"就是在火车里的时候你也还问的,我们可以讲和吗?在没有可用的资本的时候,我们怎么能够讲和呢?"

和这话有关系的,会计觉得非提起老塞贝金不可了,他的女婿是服务在莫斯科手榴弹队里的,但他没有再说话的时间,因为他们这时候已经走进那另一个房间——蓝色的客厅——的穿堂里。

那刚才报告客到的男用人让到一边去,让他们走路。

"太太们和绅士们,"这青年人用一种完全不像他自己的声音叫了出来,在空中挥挥他的右手,"注意,让我来介绍我的新朋友们,他们从莫斯科到圣彼得堡来的,目的是想见见高等社会。你们愿意招待他们吗?"

这一对同事从这青年人天鹅绒的肩上向室内偷窥着,于是在他们眼前什么东西都变成绝对昏黑了。横在他们眼前就是所谓高等社会,事实上,满屋子都是。高雅地坐在那套着蓝绸、装着镀金的腿的椅子上和睡榻上;靠着这些很值钱的蓝帷,有许多神气活现的太太们和绅士们——佩着肩章和无数勋章的将军们,穿着镶金带的制服的政客们,有着老鹰鼻和软弱的眼睛的,戴着丝编黑女帽的衰败的伯爵夫人们,海军上将们，Household Guards，绝世美丽的又打扮得非常讲究的姑娘们……有的在抽烟，有的在一块闲谈，有的用鸵鸟的羽毛做成的扇子扇着，其余的两腿交叉着坐在那里，她们搽香油的头靠在那戴白手套的手上，懒懒地凝视着前面。在桌上放着酒樽、烟灰盒和花朵。在这一切光辉的中心，在光线很强的电灯的辉耀之下，在鲜明的蓝色的地毯上来来去去地踱着，用他的手臂围住了一个穿着晚装的老头子的腰部，这就是最近的皇帝——尼古拉第二。

"你愿意招待他们吗？"这青年人又叫着，而且，为了这一切在这一对同事身上发生了影响，这使他感到快活，所以他开始高声笑起来了。接着他就将菲立泼·斯蒂芬诺佛奇和年轻的伊凡向前推去。室内的每一个面孔都转向他们这方面，而且，从他们的醉眼蒙眬里看出来，好像各个面孔都以不同的样子眨着眼睛。

"请动手，我们请你们，我们请你们！"这高等社会叫了起来，开始拍着手。

尼古拉皇帝离开了那秃顶的老绅士，闲情地走到菲立泼·斯蒂芬诺佛奇的前面，在离他很近的地方站住，斜伸出一只腿，然后像一只袋似的弯下来，轻轻地扯扯他的制服，和蔼地微笑着，神经质地用手指摸着他微红的胡髭，然后，像那卫兵们的态度一般，用一种微弱的声音讷讷说着什么话：

"晚安，绅士们。看到你们，我很快活。"

"以我的名誉担保来宣誓，"这时候，那穿着晚装的老头子叫道，眼睛里含满眼泪，他开始在客厅里打起圈子来，扭着他的两手，"以我的名誉担保来宣誓，绅士们，这是有点儿稀奇的！这是他，这是他呀！真是他的模样！绝对的！每一个形状！我不能相信我的眼睛了！我不能相信我的耳朵了！还有，我恳求你，再一次！"

"晚安，绅士们！……看到了你们很快活，"皇帝用同样的声调重复说，然后用一种沙沙的低沉的声音喊起来，他的镶红边的眼睛急切地凝视着，"伏特加吗？啤酒吗？香槟酒吗？还是我们来赌钱呢？唉，唉，唉……"然后不快活地打着噎。在这一对同事来不及说一句话，甚至来不及联系地来认识任何事情的时候，那副官突然出现在他们面前，好像是从他们身下的地板里跳出来一般。

"可敬的先生们，我可以介绍自己吗？——皇上的手榴弹团的副官，副官王子加加林第二。这社会要求你们豪爽和赠予。请你们吩咐晚餐吧！"

菲立泼·斯蒂芬诺佛奇斜视着副官，抬起眉毛，立即从他的鼻子里哼着说：

"非常愿意（用晚餐的）。我是基多伯爵，带了他的会计员——年轻的伊凡。"

于是，他就显出一副好客的威严的神态，他（的面色）突然变成莲紫色了。

"非常愿意（用晚餐的），"他加重了语气叫道，"我恳求你们，绅士们，Soirée intime……樱桃白兰地……先生们和太太们……我款待你们全体……我竭诚欢迎你们……"

这欹侧着的菲立泼·斯蒂芬诺佛奇立即就（被人）抓住在臂下了，一边是被副官抓着，另一边是被那最近的皇帝抓着，当心地领导到第二间房里，他们在那里寻见了餐室。在楼上的洋台上，弦琴的音乐队开始奏起来。一个年老的海军上将从他的长衫的口袋里拿出一包纸牌。这高等社会的太太们和绅士们鱼贯地拥到餐室里去，在那里可以听到打开酒瓶软木塞的小爆声。那穿着天鹅绒的短衫的青年人在客厅里慌忙着，好像在指挥一个纷乱的 Quadrille（四组舞）最后一段。客厅里是空空的；后来，被忘记在一般的抬举里的年轻的伊凡依旧是孤独地、困难地站在那皇帝刚才踱过的地毯中央。晕晕地旋转了头，又紧紧地理会了他的情形，他张开眼睛向客厅里四顾，突然看见一个披着一件波斯披肩的年轻的姑娘，懒懒地坐着，抽着一支纸烟，从她那半闭的高加索人的眼睛里望住他，好像在说着：

"青年人，愿意和一个伯爵夫人认识……听你使唤……那么你就冒险一番吧……"

年轻的伊凡感到喉头很紧胀，他蹒跚着走到这年轻太太的面前，笨拙地鞠了一个躬，像一只小牛似的微笑着，然后用一种犹豫的口气说道：

"你……原谅我……是一个王妃吗……马丹吗？"

"蒙你允许，我是一个王妃，也是一个小姐，"这太太回答，向年轻的伊凡喷出了一口烟雾，"那么，还有什么呢？"

这时候，伊赛贝莱切实地责备了呆笨的莫尔喀之后，她咬咬厚厚的下唇，着急地思想着，她要怎样去将这两个逃走的人追回来。那另一个，站在她的地位上，已经可以结束了这一件事情，她拿这思想安慰自己："让别人从这两个孩子那里去得到她们所能得到的吧。那我所得到的已经使我满足……很满足了。"但伊赛贝莱并不是那种女人，那（一点儿获得）可以使她满足的。她的贪欲是惊人的，她的计划是将自己弄成无限富有……有一万五千卢布，甚至有两万卢布。那样一笔金钱将要落到别人手里，这思想使她落到一种野蛮的狂怒的情形里去。

和车夫完全说好了十五分钟的合同之后，伊赛贝莱扑进一部车子里，拖着她的外套围住身子，开始向整个的列宁格勒出发赶去。起初她上那顶靠得住的车站去，询问开车时间和火车行驶的目的地，但在餐室和买票室（*Booking office*）都找不到这两个男人，于是她安慰安慰自己的心境，因为这光景显得他们还没有时间离开呢。接着，她开始在所有酒馆和酒排间里四处找寻起来，因为广博的经验告诉她，这样逃走的人们时常会突然跑到那种地方去的。那种地方并不少，但她心里都默默地数得清。她先去看奥里披奥咖啡店，在那里的地板中央，在一只玻璃箱里，时常可以看到一只嘴里衔着一朵紫罗兰的大猪猡。在那里她拿新帽子给女朋友们看，让她们抚摸她的长筒袜，痛骂着呆笨的莫尔喀，骄傲地说给她们知道，她此刻是和一个莫斯科的信托公司经理同住着，有一万五千卢布存在银行里。使这些妇人们心里充满了忌妒之后，她皱拢嘴唇，裹好外套，喧哗地离开了。接着她以同样的态度上"尼斯喀"去，上"维娜"去，上"Chateau des Fleurs"去（因为在俄罗斯的最小的市镇上，不是也有一个"*Chateau des Fleurs*"的吗？），上"古左夫"去，上"但尼尔"去，上"大陆饭店"去，而且作为无望的希望，也上佛拉德米尔俱乐部去，以及许多相似的建筑物里去。后来，大约九点钟光景，她到了这酒排间。

"啊，你来得太迟了，"当伊赛贝莱跑遍了这个美国酒排间的九个小房间，在桌旁坐下来，沉重地呼吸着的时候，其中有一个姑娘打趣说笑着，"你来得太迟了。你不知道你所错过的东西呢。你只有寻死吧。你想想看，两个绅士到这里来，像猫头鹰似的喝着酒。当初没有一个人愿意他们进来，都打扮得很可怕的样子，但他们却有不少钱！只要想一想，这样大的一卷钞票，而且还有！他们问：'这里所有王妃们和伯爵夫人们在哪里呀？我们想要。'他们叫道：'高等社会的妇人们去消度我们的时间。'——而且他们是喝到这般醉，他们从椅子上倒下来了。"

"现在他们上哪里去呢？"伊赛贝莱说，面色变成灰白，她的颊颤动着，"他们向哪一个方向去的？"

"看呀，一个聪明的姑娘，因为她自己所找的东西，你们看见田鸡跳起来了，"另一个姑娘插进来说，迅速地又恶意地拿着一个猫皮的Necklet，而且用她的手指在她们面上弹着——"假使你们能够，现在就去捉去吧。"

"乔治将他们弄进一部自动车里，上喀密诺夫式洛夫斯基看沙皇去了。你最好上那里寻他们去，那些人是不会放他们出来的，除非到他们完全被剥完了皮的时候，那是一定的。那里有一大班强盗围绕在沙皇的四周。"

"什么一大班？什么沙皇？"伊赛贝莱啶声说，愤怒到面色绯红了，"你们这些姑娘想要告诉我一些什么呢？"

"看呀！她一点儿也不知道这事情！你是从月亮里或类似月亮的东西里落下来的吗？近来在列宁格勒已经有这样的事情发生。你会惊骇到安乐地死去啊。你知道什么是影戏里顶流行的东西。你不能错过它的。他们每天都演着某种的历史片子。譬如说，只要想一想，他们从前曾经摄过一部叫作《残暴的尼古拉》的片子。在那部片子里，饰着沙皇和皇后跟着一大班国务大臣和官员的扈从。顶重要的事情是，那些扮演的人并不是正式的演员，而是真正的本人——军官、海军上将、副官和官员，甚至一个大僧正也扮演角色的！假使我说谎，那你就割断我的喉咙吧！他们每天拿到三个卢布的报酬，那些骑马的有八个卢布。各种宽袍、紧身衣、肩章和刀剑给弄下来，拿去，穿上。这样有趣。他们当初以为假使他们穿上了旧日的统治的制服，他们会被抓起来的。可是他们终于穿起来了。何况，三个卢布也不是可藐视的。接着他们继续耽搁了三天，在方场里和冬宫里拍着照。这样一堆人群集着，你会看不到一样东西。将骑兵队召集拢来，甚至他们特意要去刺死他的沙皇尼古拉，那也扮得很像，许多旧日的贵族一眼看到他，就不禁昏晕过去，他真是十分肖似呀！只要想一想他是谁呀！只不过一个对河的面包师父，一个酒醉鬼，一个乳名（*Family name*）叫作雪里达的拐子。他长着一脸胡髭，正像那些印在从前的半卢布上的（人像）一样。一个有名的电影明星也从莫斯科来担任拍演残暴的尼古拉这角色。他特别为这角色蓄了三个月的胡须。他们说，他很像尼古拉的，只是稍稍肥胖了一点儿。所以自然将他两人都带到冬宫去，穿好了制服，拿来比较。将旧日的王家的奴仆们——专门家们叫进来。拿这两个人给他们看，问他们：'哪一个沙皇扮得更像样点儿？'你以为怎样？有一次，小厮们看见了我们的沙皇，他们甚至不请求要看那莫斯科的艺术家了。他们说：'这一个，这一个。正和两滴水一样（相像）。那另一个沙皇是太肥了，鼻子边完全不像。'于是这莫斯科人就带着胡子离开了，回莫斯科去了。他们说，他在火车站里可怕地诅咒着。他想横过这面包师的面孔去咬吻他。伊赛贝莱，你不在那里真是可怜，我们整两天快要笑到死去。"

"是的，但是请说下去，关于那一大班（强盗），"伊赛贝莱叫着，不耐烦地在她的椅子里转着，"将这故事继续说下去吧。"

"此外，谁都知道这故事的。当这几个将军和海军上将穿上了制服之后，看到了并没有被捉去，反而一天有三个卢布的报酬时，这生意经真使他们喜欢到了万分。虽然片子在三天之内就拍摄成功了。但他们依旧恋恋不舍地穿着这些衣服，一块儿停留在喀密诺夫式洛夫斯基的一个工作室里，不肯回家去。他们打算穿着制服，佩带刀剑，喝着伏特加。和他们一块儿的有那面包师父和几个新近的贵族。"

"是的。但是那一大班（强盗）怎样的呢?"

"那一大班吗? 很简单的! 你知道乔治吗? 嗯，他是台上一个报告的人，真是一只远近闻名的鸟儿。这一班人是他组织的。他在房子里安排好一个餐室、一个琴师、音乐队、跳舞的人。他将一个会计员带进门路里，介绍他赌钱，甚至玩轮盘赌。他还带异乡的呆子上那边去，拿沙皇的和宫廷的东西给他们看，但要他们各人给五十卢布的洋钱。他们自然愿意看一看一切物事的。自然，他们像小绵羊似的被剪去了羊皮。昨天，他们从几个德国人那里勒索了二百个金币，今天他们又碰到了这两个人。他们一定干干净净地剥完了他们的皮，才会放他们出来。那是一定的。"

一句话也不说，伊赛贝莱从她的座位上冲出酒排间去了。在门路里，一个不轻不重的瑞典水手，他戴着一顶绣金的尖帽，打算来抓住她。但是伊赛贝莱用两个拳头十分愤怒地捣在他的胸膛上，这个惊愕的水手竟蹒跚着倒退了许多步，然后他打算恢复平衡，但后来终于倒在几个陌生人的膝上了。于是，酒排间、橡木的墙壁、花、招牌、壶瓶、帽子、龙虾，一切都在他的怔视着的眼前缓缓地转动起来，甚至那音乐队猛烈的声音也好像倒在一边，带着它嘈杂的叮当的附属物落在他头上。

但伊赛贝莱，从她紧闭着的嘴唇里，说了一些关于那两个行动过分自由的鲁莽的异乡人的话之后，坐进一部车子里，匆忙地去找寻这一班新的人。这并不是一件容易的事情，但是在一点钟之内，她在喀密诺夫忒洛夫斯基扰遍了所有管房子的人和监督的人，后来她终于寻到影戏工作室的小房子了。好像飞快地流着的液体似的，她从后面的一扇没有上锁的厨门里冲进去，老远就可以听到在这房子里面的醉汉的声音和活泼的音乐。

冲过了几条门路，伊赛贝莱就向这声音奔去。在那半黑的走廊里，她撞在一对空瓶上面——于是可怕地诅咒着。接着她迷路了，后来发现自己在一个盖瓦的厨房里面，那里有一个红面孔的厨子，在一阵浓密的烟雾之中，摇着一只炒锅。接着她登上了一段橡木的楼梯，发现自己是在宽空的走廊里，显然她又迷失了路了，于是她又登上一段楼梯去，这一回，是一条狭狭的铁走廊，后来她终于找到了在有着美丽的雕刻而且装饰着的天花板之下弹奏着的音乐队后面的台子上。凶猛地以手肘推过了范峨林和乐器架，践踏在奏弹者们的脚上，伊赛贝莱一直奔到栏杆上，于是看到了下面的客厅和菲立泼·斯蒂芬诺佛奇光秃秃的脑盖。这时候，他口里含着一把匕首，正在房间的中央跳着一个高加索舞。在短衫之外，他穿了一件将军宽袍，肩章像金爪似的起起伏伏地跳动着。用一种顶不能使人相信的态度，盘曲着，又旋转着他的长腿，他挥着一个啤酒瓶，呻吟着，还做着歪面。这是可怕的。他的周围围满了高等社会的喧闹的人们——醉醺醺地喝着彩，合着拍子。

"原谅我，亲爱的人，但我看见你在这里。"伊赛贝莱叫道，倚在栏杆上，摇着她的雨伞，"我为你寻遍了全市镇。我的天，你像个什么样子呀！唉，唉！"

音乐停止了。

"亲爱的伊赛贝莱。"这会计唧唧地说，于是那刀儿就从他的嘴里落下来，插在地毯里。那些贵族惊愕地向上凝视着。那青年人的眼睛开始像一只老鼠眼睛似的在室内的四周彷徨起来。他感到一场辱骂正在发生，免不了要有一回不快活的纠纷了。那最近的皇帝手里拿着半只小鸡，从酒排间后面斜侧着出去，握着他的胡髭，扼抑着气。至于伊赛贝莱，已经在开始动作，咆哮在这高等社会的人们的头上，尖声喊着，粗俗而锋利的，有如半砖一般。

"拐子！强盗！"她叫着，面色变得十分绯红，"应该有一种法律对付你们的。你们将别的女人的男人弄在你们的掌握之中，灌他喝酒，想要剥去他的皮。不是这样吗？你们这些贼骨头！我不要停留在这里看你们，你们这些将军和海军上将！我要到 G. P. U. 去告发你们！那沙皇主义的可诅咒的时代是过去了。至于你们这些恶魔似的伯爵夫人，我一个也瞧不起——至于你，亲爱的人，你用这样一种手段来对付你的女朋友，你该感觉到可耻吧。"于是伊赛贝莱就呜咽起来，用皮袖子拭拭她的鼻头："亲爱的，我从来不曾预料到你会这样的呢，第一因为我已经有孕，做一回手术至少要八十个卢布。别的女人们可以来证明这回事的。假使你不肯，我可以依法解决的，所以如何办法随你选拣。而你们都是证人！"

听到这话之后，菲立泼·斯蒂芬诺佛奇虽然喝得烂醉，却也感到这般的恐怖和痛苦，于是他开始像一只山兔似的在室内四围跑着，不能自主地撞倒在器具上，摸不到房门。伊赛贝莱知道这一场战事将要得胜，但此刻最要紧的事情是敏捷地冲进去攻击。她不停止地想跳过栏杆去，用她肥胖的两腿绕住了柱，像一个兵士从一根油滑的柱上溜下去，喘不过气地出现在菲立泼·斯蒂芬诺佛奇的面前了。

"亲爱的伊赛贝莱，我亲爱的人，"这会计无意思地嗫嚅地说，"年轻的伊凡，你在哪里？朋友们，会计员，到我面前来吧。"

"预备回家去，亲爱的，"伊赛贝莱镇静地嗞声说，"预备吧，孩子，在他们还没有在这里将你的皮完全剥去之前。亲爱的，我们从这罪恶之洞里回家去吧。"

菲立泼·斯蒂芬诺佛奇在昏迷的境界里看见了他妻子的斑痕显然的玫瑰花。一阵兽的愤怒扼抑着他，他已经预备要显一显他的爪牙和咆哮，但事实却不然，他突然坐在地毯上，忧伤地垂倒他的头。

"樱桃白兰地，"他浑浊地发着话，"……请这般仁善……马丹……"

"我们走吧，亲爱的，"伊赛贝莱说，紧紧地抓住他的肩章，"这是bye-bye 的时候了。"

于是这高等社会终于恢复过来了。那穿着天鹅绒衫的青年人走过去替这会计撑持，在外貌上做出恐吓的态度来，要求（她）付酒和音乐和电灯的费用，但他立即被雨伞的一击，仰倒在地上了——伊赛贝莱不是寻开心的心境呢。副官走过去帮助，但不知怎的绊在他的踢马刺里，滚倒在他的剑上，撞在一张装满瓶子的桌子上，弄得昏乱异常——终于倒下去了。一场争先恐后的匍匐发生了。一个系着挂裤带的白发老将军跳上了柜台，免得他的宽袍扯个粉碎，他刚好避过了那打来的一拳。那用尽气力的一拳打到了那最近的皇帝的腮颊上，他不幸地凑巧在伊赛贝莱忙碌的手。她看到他，于是她的愤怒达到了最高点。

"唉，你这下流的东西！那才是你该受的！卑鄙的皇帝！现在你会知道最好不要骗走别人的男人们。我要抓出你的眼睛来，你这残暴的昏君，你这工人们的剥削者（*Exploiter*），而且要将你千刀万剐。真要那样做！"

说了这几句话之后，伊赛贝莱将她锐利的指甲插入他的胡髭里，愤怒地咝声响着，好好地扯去了一把胡髭。这皇帝痛苦地呼唤着，突然开始用一种细细的鼻音叫道：

"同……志们，假使一个团体里没有党派的分子，连他最后的一根胡髭也被扯去，那么我们努力算什么呢？因为，就是这同一脸胡髭，当残暴的尼古拉在位时，我曾经受过惩罚的——因为这胡髭，诅咒这胡髭，沙皇的警察说我仿效皇上定过我的罪，我甚至在公安局里写过一张呈文，说我要将它剃个精光。而此刻，同志们，当普罗列塔利亚特胜利的时候，我们怎样看呢？我将永远由我的胡髭而得到平安吗？我将永远由它得救吗？虽然那些权威者们并没有强逼我剃光——为了这胡髭，他们反而给我一天三卢布的报酬——可是为了它，这可诅咒的东西，我的一切不幸发生了。相信我的话，我的一生被这反革命的胡髭毁坏完了——它可以衰败了！现在自由在哪里？检察工人们的检查者的管辖在哪里，而且为什么呀？"

这气愤愤的面包师父露着这副态度，过了许多时候，伊赛贝莱用她的雨伞挡走了攻击者们之后，拖着菲立泼·斯蒂芬诺佛奇的领口，沿着那充满了骚乱、喧哗和急语的房间走去。

　　至于年轻的伊凡，已经完全入迷，真的被他的王妃弄得神魂颠倒，坐在客厅的披霞娜后面的一个角落里，用他的眼睛默默地吞她下去。虽然他的感情或许不很清醒，但仍旧和刚才一样羞怯怯的。他的牙床紧闭着，他的额角湿润润的，他努力想扼制他肚里的无耻的转动的声音。他发起烧来，磨苦着自己，真不知道如何开始才好呢，他用一种顶蠢的样子强笑着，预备什么事情都干。至于那位王妃呢，她的两手叉在她的披肩下，伸着两只长长的腿，露出一双顶雅致的丝袜和光滑的鞋子，她的稍有胡髭的嘴里，含着一支纸烟，从她那半开半闭的眼睫毛里，穿过了烟雾，用诱惑的高加索人的眼睛望着年轻的伊凡。她微笑着，好像她几乎闪眨着眼睛似的。年轻的伊凡在这毁人的沉默里，磨苦了自己一个钟头，于是他决心预备去干那任何种类不正当的事情了，可正在这时候，在隔壁房间里突然发生这一场吵闹。

　　听到了伊赛贝莱恐吓的叫喊和混战（melee）的声音，年轻的伊凡面色苍白，于是这位王妃开始惊嚷起来了。告诉年轻的伊凡坐在那里，不要走开之后，她就出去询问到底怎么一回事情。

　　她看一看隔壁房间，她就明白了这事情的情形。

　　她翘着足趾走到年轻的伊凡的面前，她的轻盈的肩膀缓缓地移过去，依在他身上，用一种迷人的香气围住他，用她的头发呵痒他，将一个手指含在唇上，低声说：

　　"嘘！你身边有钱吗？"

　　"是的，我身边有钱。"年轻的伊凡也低声回答，他外面很热而里面很冷。

　　"钱多吗？"

"很多。"

"那么我们走吧。"

她握住了他的手肘。

"轻轻地，不要使你的长靴发出一点儿声响。要轻一点儿……
嘘……"她熟悉地将他领到楼梯上。

七

　　他们一块儿在树荫路的中央爬进了一部车子，年轻的伊凡立即用他的手臂围住了这年轻太太的柳腰，热情地吻吻她的颈项，然后自己的鲁莽使他惊骇起来，不禁面色红涨到像一只龙虾了。这年轻的太太温柔地、有决心地从他的拥抱里脱出来，拿她的手放在他嘴上。

　　"嘻，现在不要（动手动脚），你是已经疯了。"

　　"那么，什么时候呢？"会计员沙声地说。

　　这姑娘的眼睛开始闪耀着，用她的雨衣围着她周身，紧偎在热切的会计员的身旁，开始静静地笑，好像被呵痒一般的。

　　"做个好孩子……嘻……让我享有今夜吧，忘记明朝是有白天啊。"她用一种低低的声音唱起来，"嗯？但你在一部车子里是不能够干的。

他们怎样称呼你的?"

"年轻的伊凡。"

"我呢,叫亚格倍科夫王妃,但你可只叫我伊兰的。"

说了这句话之后,她用冷冰冰的手指紧捏着年轻的伊凡的手,她尖锐的指甲刺得他好痛,而且还在他肩上倒下了她的头。

"我们上哪里去呢?"这会计员问。

"上欧罗巴饭店去。"她急促地低声回答,"车夫,赶到欧罗巴饭店去。今天我是落到疯狂的情调里了。我需要无数的鲜花、音乐和香槟酒。伊凡,你喜欢香槟酒里的菠萝蜜吗?我是非常喜欢的……想到了红葡萄酒,红酒就出现在眼前了。我将要抚爱你,拥抱你,亲吻你,……是这样么?……可怕的 Chic 吗?"

"Chic 的菠萝蜜……"年轻的伊凡笨拙地喃喃说,想象自己已在欧罗巴饭店的一个小房间里了,于是他就完全沉溺在这思想里。

但是在欧罗巴饭店里并没有小房间订好在那里的,所以年轻的伊凡只好在一个看起来好像海底似的青色的厅堂里,对着这姑娘,非常端正地坐在那里,但他感到不相配。于是他将龌龊的、有气味的长靴尽可能地藏到桌子下。周围的一切东西都是整齐而结实。几个戴硬领的德国人在那里吃那蒸散着热气的鲟鱼和香菌酱,每个人都显得像煞有介事的样子。一个兵士孤独地坐在一个角落里,在一瓶汽水上面,他清洁的、修得整齐的下颔靠在一只手上,用另一只手卷着他军人的胡髭,好像他想说:"你们这些市民们可以干你们所喜欢的,我是对于吉卜西的浪漫事更加感兴趣。"再过去,掩藏在平台上的一个角落里的树木下,有一大群闹客在那里。那穿着白胸衣的茶房们,不断地向他们转动着上面装满了放在银刀叉下的热烘的吱吱响着的熏炙的菜，装满果子的瓶子和别的东西的食桌。从这方面，可以听到有如救火机的声音似的，那从虹吸瓶喷出苏打水的声音和一个喝醉的女人的笑声。很留心地从一张空桌踱到另一张空桌去，好像要避过那肿痛的脚似的，有一个中年的绅士漫行着，抽着纸烟，偶然也站下来，闻闻桌上的花儿，好像它们并不是花儿，更像香菌。

"那是谁?"年轻的伊凡问。

"The maitre d'hotel，"伊兰回答，瞪着可怕的眼睛，露出了锐利的牙齿，"现在你懂得吧?"

"The maitre d'hotel，我知道了。"年轻的伊凡说，他觉得十分可怜，于是开始感到清醒过来。然后他问，为什么不上佛拉德米尔俱乐部去，那里有小房间的，这不是更好。伊兰说，他必须静静地坐着，不要烦恼，否则他会一点儿东西也得不到；Cabaret[1] 马上就要开始了，于是事情就会活泼起来，到了 Cabaret 之后，之后呢……（说到这里）她用指甲在桌下戳戳他。事实上，这 Cabaret 不久真开始了。一幅毛绒的帐幕升起来，奏助乐的人奏了一曲，于是从平台的旁边，一个穿晚装的瘦削的青年人跑出来了。非常迅速地，完全像一匹马啮着勒马铁似的，这青年人在台上回旋了两次，一脸险诈的微笑，然后开始说起话来，将"R'S"的声音滚转得好像轮盘溜冰鞋似的。

"同志们和市民们，老百姓们。我们普罗列塔利亚特的共和国目下已经碰到一个危机了。虽然我们有国家的裁制，但是公共生活的速度变

---

[1] 指那仿法国酒店式的美国饮食铺里，吃东西时座旁有人舞蹈。——译者

成这般强烈，有几个会计员从公共机关里做着自私的事情，没有一点儿良心的痛苦……"说到这里，这青年人用手做了一个姿势，将什么事情都解释个清楚，而且一心想使人们发笑，但群众依旧带着冷冷的面孔坐在那里，于是这青年人活泼泼地饶舌一番之后，跑到门翼后面去了。

为了这些暗示，年轻的伊凡开始感到内心的不安，他甚至变成更加可怜的样子，但伊兰却嘴里含着纸烟坐在那里，她的裸露的手肘依在台布上。她的下颌靠在手掌上，穿过花朵，像一个米杜赛[1]似的望着年轻的伊凡，她半开半闭的眼睛，使人感到说不出的无限快乐，只是你必须稍稍忍耐一点儿。接着他们就开始安排用餐，而且要了外国酒。这酒馆里挤满人。音乐队已经奏了很久的时间，一个歌女用一种延长的深沉的声音歌唱着："我们从来不曾互相爱恋过，于是分散了，像船只似的漂散在海上。"这女人，看起来好像谁在迅速地分散着纸牌似的，她跳舞，歌唱，又击着一只手鼓。

接着，一个德国人从他的椅子上不清醒地立起身来，用力喘着气，拿一面飘旗向伊兰掷过来。它飘荡过室内，展开来，悬在空中，长长的蓝色的一条，然后缓缓地落在年轻的伊凡和他的太太身上。这德国人快活得趾高气扬，挥着手，致一个很客气的礼。年轻的伊凡很生气，但是当他看到别人也互相掷着飘旗的时候，他也就勇敢地微笑起来。他向一个姑娘手里买了所值十二个卢布的飘旗，用了这样大的气力，好像他在拿石块掷鸽子似的，将飘旗掷到各方面去，于是缤纷的颜色晕眩了他的

---

[1] Medusa——相传为三女妖之一，头发如蛇，面貌狰狞，使见人成为化石，后米杜赛为 Perseus 所戮，献其首级于 Athena。——译者

眼睛。接着他又沉重地坐回他的椅子上，辐射着微笑，将一只手提到他湿润的发上，要一瓶酒，然后在五分钟之内喝得这样醉。伊兰只能够说着"唉唉"，而在伊凡的眼睛里，整个世界闪耀得好似一条虹，再没有丝毫阴郁或苦恼的痕迹残留着。酒杯和酒瓶在他眼前增大起来，然后又不见了。年轻的伊凡要香槟酒和香酒。他没有留心到它们的酒味或强烈，只喝着，但它们的颜色却看得很清楚：黄的——香槟酒；青的和绯红的——香酒，还有几样别的酒；白的——也是香酒。接着他从餐室里叫了一支五个卢布的雪茄烟，到处漫行了许多时候，嘴里含着那烧着的雪茄烟，挥动着手杖，在喧闹的走廊上寻觅着梳妆台。在墙门间里，坐着一个姑娘，从一个玻璃轮盘里售卖彩票，年轻的伊凡买了四十卢布的彩票，赢了许多小东西，但他立即又将这些东西归还她，只留下一匹用纸浆胶水塑的玷污的马儿、一个大的铜捏手和一瓶白兰地。回到室内之后，年轻的伊凡看到桌子已经移到一边去，每一个人都在跳狐步舞。就是那个掷飘旗的德国人，现在用手臂围住伊兰，在地板上前前后后地摇来摇去，将他的高大的沉重的身体倚在她身上，笨拙地伸出了他的两臂，一面她是向后仰着头儿，她的两只跨开的长腿到处溜着，直对着他那胖胖的面孔，从她的纸烟上吹上了一口烟圈。看到这情形，年轻的伊凡的眼睛忌妒到变成绯红色，像一只家兔的眼睛似的。然而神知道，这会计员之所以这样，是因为没有一个肥胖而烂醉的太太从那平台后面喝着酒的诸客人们当中突然地跑出来抓住他。（所以神叫这太太出来了。）挥着玩具马和门捏手，围住了这太太，满身是密密的汗滴，愤怒到发起烧来，年轻的伊凡溜了几步之后，弄得心神纷乱，于是他突然地诅咒着一切东西，开始在一个地方迅速地顿着脚，做一种奇妙的俄国舞纷乱而

奇怪的步法。"那很好，用这种俄国法跳下去吧。"四面的人们都发出醉
醺醺的呼喊。年轻的伊凡在那地，在那时改变位置，离开了这肥胖的太
太，冲过室内，去坐在别人桌旁的椅子上。接着，那些德国人和那在平
台后面欢饮的客人们，将桌子移在一块，联合着年轻的伊凡。他用一种
不自然的声音，要了一打香槟酒、法国白兰地、柠檬水……吻着那有胡
髭的人们……为了某种理由，咖啡和冰已在桌上放了许多时候……什么
地方他们已经关暗了电灯……这肥胖的太太裂碎衣裳前幅，像一只母鸡
唤小鸡似的略略叫着。她感觉到不快活。飘旗像通心面条似的从那灯火
熄灭的吊灯架上和明亮的飞檐上挂下来。音乐已经许久不奏了。帐幕低
垂着。在黑暗中，一个落下来的瓶子闪耀在地毯上。一个面孔像大理石
的德国人量那到房门口去的最近的路线，但是并没有到房门口。茶房头
脑拿了发票来。从这一切混沌之中，这姑娘半开半闭的蒙眬的眼睛，望
着，愚弄着年轻的伊凡。他抓住她的手，这是软弱而温暖的。

"付了钱，我们走吧，"这姑娘用一种热情的声音低语着，"不要给
他五卢布以上的小账。"

年轻的伊凡从里面的口袋里拿出一卷钞票，虽然是醉醺醺的，但他
却迅速地又聪明地算好了总数，再加上小账，喃喃地说着"签字"，然
后将钱塞给茶房……于是，刹那间，他的办公室的青灯闪过了他昏醉的
脑海。他觉得好像并没有一点儿反常的事情发生，一切物事都很好，他
是在办公事，坐在桌旁，将一笔颇大的数目，从他的小窗门里递给雇
员。"Ablimant."他机械地说，然后青灯就关灭了。伊兰握住他的手臂。

"我们走吧，"年轻的伊凡不耐烦地说，当门房帮着这姑娘穿上外套
的时候，他在她的四围奔跑着，"我们上哪里去呢?"

当他们走到街上去的时候，雨和风打在他们身上。黑暗十分浓厚，他们几乎晕眩过去了。年轻的伊凡翻上领口，好像身体皱缩拢来，变成更细小的样子。在门的近旁，放着那载他们来的同一部车子，样子很像一部囚车。年轻的伊凡服从地走进车里，他好像觉得那天至少在这车子里驶了十次光景吧。

"车夫，驶到群岛去。"伊兰叫道。

年轻的伊凡将短外套拖到他冻僵了的膝踝上，他冷到了颤抖，于是用两臂去围住这姑娘不愿意的肩膀。

"我们为什么上群岛去呢？不是上你那里去睡觉更好点儿吗？"

"静一点儿。我的天，怎样一只肉感的野兽呀！你还有很多的时间呢。不，今天我的精神有一种疯狂的气氛。车夫，驶到伊兰金岛去吧！否则我会立即跳出车子……再迟一点儿，我们可以到我的地方……去睡觉……你懂得吧？"

说了这几句话之后，这姑娘露着一脸的神秘，从会计员的身上倚到别处去，于是用她的手指捏着他的肩膀，以一种毫无抑扬的样式朗诵着：

"又是两根积雪的柱子，

伊兰金的桥和下面的两条光；

一个恋爱着的女人的低语——

"泥沙的沙沙声，一匹马的嘶声！"

"但我以为'卫生旅馆'还更好点儿。"年轻的伊凡可怜地说。

"静一点儿！不要说一句话！Tcha！……

从无底的悬崖到无尽，
骏马气喘喘地飞驰着……"

现在这玩具马突然跳出坐垫，飞到窗外去了。这汽车突然震动起来，欹侧到一边去。汽车夫诅咒着，从车子上走下来了之后，爬到轮盘下面，满身都粘满油，将全世界的一切东西都穷凶极恶诅咒遍，然后说，他们必须走出来，因为后轮已经破碎，他们不能再驶到前面去了。

年轻的伊凡走下车，用蒙眬的醉眼寻觅那失去的马，花了许多时间，后来终于在铺道的一个水潭里找到了。在新鲜空气中，他完全受醉意的支配了，那天晚上以后所发生的事情，只不过像一场醉后的狂热病的奇怪的琐事留在他心里。他们好像走了一小段路之后，接着就在雨水里赶着一部车子，赶过一架桥。在桥下，有嘈杂而波浪汹涌的黑暗的河水在奔流。伊兰在他身上靠了一会儿，然后推开他，诵着古怪的诗歌。至于他，终始痛苦地向车夫叫着，转到"卫生旅馆"去，但车夫没有留心他的话，也不回答，好像是既聋且哑了。在黑暗里的什么地方，他看见了一个清真寺。于是他和巡卒谈了半天土耳其人，为了某种缘故，他们并没有去群岛。他们回转来，赶过了各色各样的街道，约有一个半钟头光景，他们在一个小小的木屋前停下车来。现在这姑娘终于打发了车子，然后转向伊凡，粗鲁地要求先付钱。在灯柱下，年轻的伊凡用颤抖的手儿算出了一大笔钱。

接着这姑娘开始号叫起来了，靠在他身上，热情地亲吻他的腮颊，然后又推开他，说："嘿，伊凡，你是多么毛发蓬蓬的呀。"于是领他到一间寝室里去睡觉，那里点着一盏灯，有黑甲虫儿爬在墙上。在一张不值钱的帷幕后面，在角落里，可以听到一阵鼾声。"看皇天面上，静一点儿吧，"这姑娘低声说，"我可怜的母亲睡在这里。"

"也是一个王妃吧，小姐？"会计员低声问，一面他坐在狭狭的床上，迅速地脱去了长靴。

"假使你喜欢，是一个有钱的寡妇呢，"这姑娘回答着，在空中闻闻气味，"伊凡，你这腥腥的野兽，此刻还是再穿上你的长靴吧。你的脚有一个兵士脚的气味。啊，我感到难受！"

"小小的亲爱的伊兰！"

"永不要（你这样称呼）！"这姑娘叫道，"不要来摸我，你这猪猡！先去洗一个澡吧。"

"现在我还能够洗什么澡呢？"会计员可怜地哀号着。

"那不管我的事。你喜欢洗什么澡就洗什么澡。"

说了这几句话之后，这姑娘跳上了伊凡的膝踝，娇啼着：

"我的上帝，我为什么这样可怜呢？我为什么一定要经过这一切道德的苦难呢？伊凡，你是一个暴发户，又是一个野蛮人！走开吧！野蛮人！你打算利用你的地位来诱惑一个高贵的姑娘，然后离开她……伊凡，你会永远不抛弃我吗？……"

"自然我不会离开你的。"会计员悲伤地哀号着。

"赌个誓！"

"我宣誓，我不会离开……我会娶……"

"伊凡，你是一个真正的绅士……在你面前我感到十分不安……你以为我是不懂得关于我的事情……伊凡，我至诚地宣誓……我拿生病的母亲和一个参谋长的父亲来宣誓，我不是一个职业的……不是的，伊凡。我需要一大笔钱。唉，我不能够坐着不动，眼看我的可怜的妈妈消灭在那潮湿的角落里……钱已经寄给在外国的爸爸了……伊凡，你现在已经是我的未婚夫，所以我可以坦白地对你……在我这是非常痛苦的，伊凡……给我一千个卢布吧，而我是你的。"

"五百个吧。"年轻的伊凡哀号着，用两手抓着他的边袋，于是在他眼前，什么东西都成昏黑了。

"我亲爱的人，我们要信赖上帝……一千个……我们要在 Nevski 找一个住家。我们要有这样的寝室……bye-bye……于是，可怜的小小的我要成为你的小小的妻房。"

"哎，怎么样呢?"年轻的伊凡叫着，不耐烦地颤抖着，将钱递给她。

"Merci！"这王妃说，将钱拿到帷幕后面去，再转来，庄重地去坐在窗旁。"印地安人像菠萝蜜的，菠萝蜜像印第安人的；Creole[1] 诙谐地说，想起了他的异邦了。"她说着，向他伸出了舌头。于是年轻的伊凡变得非常勇敢。"原谅我，请不要这般鲁莽吧。"她咝声说，用力将她的手推进他湿漉漉的嘴里。

非常接近地，快要贴着她了，年轻的伊凡看到她的眼睛恨到了黄色。"亲爱的伊兰，洋小囡。"他喃喃地说，沉重地呼吸着，"镇静下来，拿去你的手吧。"

---

[1] 指生于法属或西班牙属的美洲殖民地之欧洲人。——译者

这姑娘突然拿开手。于是，他俩都失去了平衡，砰然一声地倒在地板上。一个玻璃瓶从梳妆台上落下来。接着那帐幕后面的鼾声听不到了，一个穿着衬裤的大而睡眼蒙眬的家伙走出来，用一种粗暴的低音说："市民呀，你好像是来引起一场吵架似的。"于是紧紧地抓住了年轻的伊凡的领口，像一只小猫似的领他出去，将他放在街上的一只垃圾箱上。然后这家伙闲情地系好了他的衬裤带儿，在晨霜里颤抖着，他回到家里去了，在年轻的伊凡后面关上大门，而且用门栓闩住。接着，那只玩具马从一扇开着的窗门里掷出来，打在年轻的伊凡身上，然后连窗门也关上了。

羞辱与愤怒使年轻的伊凡几乎痛哭起来。换一个人，一定会顿着脚，用拳头砰砰地敲着大门，召拢一群人，打碎窗门，打算喊警察来，拿出一张委任状来……但是他能够吗？想到警察使他流出一阵热汗，而他的膝踝也颤抖起来了。年轻的伊凡拾起他的马，无目的地在街上漫行着。天色已经破晓，湿漉漉的晨光，白色的，几乎是蓝色的，出现在年轻的伊凡的红肿的眼前。他沿着宽阔而直的树荫路漫行了许多时候，每一条树荫路都和别条很相像的。工厂的汽笛已经在远方叫着。背上挂着工具的工人们在角落里出现，一个背着锯子的工人向伊凡叫着："你这卑鄙的绅士，你步行着上哪里去？你应该坐到你的小马上去。"他不知为什么，但是为了某种缘故吧，年轻的伊凡突然觉得万分可耻。他转向一条边街里去，发现他自己是在码头边上了。他走到那架在尼伐河上的荒凉的桥。走到桥的中心时，他停住脚步，向河水里唾下痰。他嘴里的味儿是又苦又甜。在左边，在远方的大雾朦胧的岸上，躺着一个长长的炮台；在右边，年轻的伊凡认出了冬宫，海军司命部，好多小宫殿和栏杆——就是他在白天所看到的那些，不过那时是从那面看到的。年轻的伊凡四面看看，看看有没有什么人在那里，看到了整座桥梁都是荒凉的，然后愤怒地卷拢了嘴唇，用尽他的气力在风中叫道：

"啊，……皇帝们……你们滚进地狱里去吧，……沙皇们……残暴的贵族们……拐子们……窃贼们……Twisters——酒醉的野蛮人们和暴发户们……"

那和尼伐河的愤怒的河水战争着的大风，将他的声音打得粉碎，只不过传到河的对岸，但他继续用一种破碎的声音这样叫着，一直到他的喉咙十分疼痛而干燥。接着他穿过了 Palace Square，走到 Nevski Prospect，Soviet 的雇员们正沿着 Nevski Prospect 赶紧上工去。在一面歪曲的、斑斓的镜子里，年轻的伊凡突然看到他自己的短尾外套，蓬蓬松松的、龌龊的，他的青面孔、他的红眼睛——一言蔽之，他看见了一个暴发户和一只野兽。他的影子使他很害怕，于是他第一次知道某种完全不能相信的事情已经发生在他身上了——所有普通的人们都翻起领，拿着匣子，走着，冲着，忙奔着，都是剃得光光，穿着厚底鞋的。只有他，凝视镜子，正好像一个稻草人、一个龌龊的猪猡！也没有洗澡，也没有剃脸，也没有买厚底鞋，他的脚汗淋淋地在长靴里，它们是粘住在靴底上了，而且还发着这样厉害的臭味，他是怕和谁相逢了。于是，这样一种欲望紧紧地抓住了年轻的伊凡，这样一种要飞快地将什么事情做好的欲望，去剃头，去洗脸，去买一件外套和厚底鞋，去买一把便宜的六弦琴，去买一套合身的柳条衣服。然后他立即跑到顶近便的店铺去，但他看到店是紧锁着，而且百叶窗关着。

他跑到另一家，再到第三家，后来到一个理发店，但都枉然。每一个地方都像一座牢狱或动物园似的——百叶窗关着，锁锁着。于是，年轻的伊凡感到非常疲乏和昏晕。脚好像是肿胀似的走着，他艰难地走到第一个车夫面前，摇摇他的手，叫他赶到"卫生旅馆"去。

八

那天十一点钟左右，一个样子很奇特的男人走到"卫生旅馆"的门房的台子前。或许，在第一眼看见的时候，他是怎样地奇特，这是不能够准确地说出来的。他看来好像很不错，从他的样子很灵敏的鞋到他的沉重的布帽都是全新的，好似一个他的事业使他列入那些奔波的人们中间去的人，而且穿着宽大而阔袖的外套。他生着直耸耸的胡髭，他是短而或许几乎像牛项一般的，而且还颇肥胖。总之，完全是一种很适宜的人。但是，每当他移动着的时候，总有一种奇怪的轧轧声，伴着他那稍稍有点儿跛脚的脚步；而且从他的衣袖里不自然地伸着他的左手，有点儿像一把钳子或剪发机的样子。假使你紧紧地瞅着，那么可以看清楚一只手臂和一只脚是假的。

在台子上放下了一只坚固而饱满的鳄鱼皮匣子，这男人向门房摇摇手儿，问道："有什么新鲜的事情吗？"

"啊，有的，"门房热烈地回答，"前天有两个莫斯科来的盗用公款的人开了十六号房间。他们当然不是美人，但是啊啊，刚刚很平均——有四千个卢布！每人有这个数目，不再多点儿！他们带了一个女人到房间里来，再到佛拉德米尔俱乐部去。一切事情都很好。"

"正是如此，我知道了。"这新来者像知道似的说，然后抬起了他短短的眉毛。

接着，那人没有解开他的外套，只挖了进去，取出一只金的纸烟匣子，拿了一支厚厚的乳皮纸烟，捧给门房。

"吸吸看，很好，正如你所喜欢的。现在听我说，我的朋友，你能够告诉我……"他突然冥想了一会儿，然后又恢复过来了。

"刚才你不是说在前天，在十六号吗？啊哈！啊啊！刚才你不是说从莫斯科来的吗？"

"是的，从莫斯科来的。"

"啊哈！那真完全适合于我了。绝对的。带一个女人么？其他还有什么？"

门房四面看看，因为那时候有一个客人出现在楼梯上面，所以他是低声地开始叙述那关于他所知道的十六号房客们的一切，甚至他所不知道的事情。那装着假手假足的男人，沉思地，但同时又显然是不留心地倾听着门房琐细的闲话，他不断地顿顿头，偶然也插进去说"啊啊，很好"和"啊哈"。当他每说一句"啊哈"的时候，他像知道似的抬起了眉毛，仿佛在叩问一个问题似的。从门房口中查明白了他所要知道的一切之后，他顿顿头，将他的匣子挟在臂下，闲情地走到楼梯上去。他一面走，他的假脚一面在轧轧地响，寻着了十六号，喃喃地说着"啊哈"，抬起了眉毛，非常响而清楚地敲了两次房门。

在十六号里，这时候，从大清早起就有了烦恼的空气。迷乱的菲立泼·斯蒂芬诺佛奇在无知无觉的状态里被伊赛贝莱从喀密诺夫式洛夫斯基带回来之后，只能够和衣上床去睡，也穿着外套也戴着夹鼻眼镜的，但他可并没有睡得很久。天亮他就醒过来了，粗鲁而憔悴的，覆盖着床上的衣服之类。伊赛贝莱始终没有到床上去，耐着脾气等他醒来，那么他们可以有一种了解了。

是有许多理由可以吵一场架的：第一，逃走；第二，在工作室（Studio）里的可笑的行动，这是很花钱的，因为必须将一切东西安排起来；第三，年轻的伊凡带了一笔很大的款子不见了。还有许多别的事情。当菲立泼·斯蒂芬诺佛奇张开他肿胀的眼睛，呻吟着要一点儿饮料的时候，伊赛贝莱跳了起来，提着她的荷包，两臂向外叉着腰骨，用一种高而哀哭的声音喊道：

"这一切算什么意思呢，亲爱的？以这样一种行动来对付一个女人，你不觉得羞耻吗？"

在这样开头之后，她就改变了声音，渐渐地用最低的声音开始说话，用家庭间的顶好的传统（的话），向着这木头的会计劝告又训诫。

"你正和其他的人们一样的，但是为了什么原因呢？我不幸地和你结合在一起，你这醉鬼！你在什么地方滚过来，你这老猪猡？你的背脊完全是白的了。"她这般地说下去。

她发脾气了，扭着双手，要求付一场打胎（abortion）的费用，顿顿脚，发着誓，说她要上公安局里去告发他。但菲立泼·斯蒂芬诺佛奇只斜坐床上，沉重地呼吸着，而且在一种盲目的恐怖里凝视着窗门，在窗外，可以看到一只龌龊的白猫，沿着一个闪耀在雨水里的红屋顶的屋脊，在那里行走。

在那辰光，年轻的伊凡臂下挟着褪色的玩具马，畏缩地走进室内，望望他们俩，然后开始脱去他的衣服。

"啊，你们这些绅士们，只要看看这情形。另一个无用的东西！"伊赛贝莱叫道，"一个好朋友——没得话说。你们可以互相摇摇手，你们真是天生的一对。而你，年轻的伊凡，你今天对付你朋友的那种方法，你应该感到十二分的羞耻，你拖他到那个洞里去，将他留在那些窃贼们的掌握中。嘘嘘！我是不希望你那样的。我要知道你在哪里度过这夜晚！从这匹马的样子查来，我想这一定是在欧罗巴饭店，在那里什么东西都要讨你四倍的价钱，而 the maitre d'hotl 只不过花三个卢布五十个哥贝克就够了。我倒很喜欢知道你给那女子多少钱。"

年轻的伊凡默默地将他的外套挂在一个钉上，跷着脚走到榻前去，坐下来，倒下头了。菲立泼·斯蒂芬诺佛奇拿出一个匣子，燃着一支很贵的但是不舒服的纸烟，然后不无困难地装出一副高贵的样子，向年轻的伊凡眨眨眼睛，好像在说："大约我们迟早总要脱离这女人的。"——但是这眨眨眼睛并没有什么效果。于是，伊赛贝莱叫这一层楼的茶房，差他去拿黑葡萄酒和苏打水来，开始用这两样东西来解这两个男人的酒醉。

正在这辰光，他们听到房门上的剥啄声。紧接着就走进了那上面已经描写过的青年人，臂下挟着荷包，不愉快地微笑着，依次将室内的每一样东西——人和家具——都仔细看过，露着这样一种重大的神气，凝视那墙壁和天花板，好像他想来租，甚至来买这一切似的，说了好几次他那含有无限意义的"啊哈"与"啊啊"。后来他终于用一种匆促的态度向菲立泼·斯蒂芬诺佛奇说话，仿佛对桌上的黑葡萄酒和苏打水谈话一般：

"原谅我来打断了你们友情的闲谈，但你可是市民泼洛霍洛夫吗？"

"我是的。"菲立泼·斯蒂芬诺佛奇答道，不稳定地从床上起来，扣好了外套上的两颗纽扣。

"啊哈，我知道那个的。能够和你做朋友我很快活；还有这位市民，显得这般模样，大概是你的朋友克留克文吧？"

"我是的。"年轻的伊凡怯弱地答应着，好像在牢狱里的散步场上似的。

"哈哈，所以这是你，啊啊；还有这位女市民呢……"

"你不要为我烦恼，也不要为我挂心，"伊赛贝莱激昂地说，她的脸色变成火一般红，匆匆戴好了饰着羽毛的绯红的帽子，"我完全有权利到我的男朋友们这里来五分钟，而没有干涉他们的私事！请你不必阻止我，我要看我的裁缝去了。"

"不要生气，女市民——一切事情都很好——我要单独和你谈谈话。"

"并不生气！听你这样一个明达的人说出这样一种话，这真是有趣的！我不能够再迟留在这里了。不要阻碍我！让我走！"

伊赛贝莱显然吓到失去了机智，在室内奔波着，掀起一阵可怕的风。她抓住她的新雨伞，突然地冲到房门口，穿出门外不见了，好像被

（风）吹走了一般。

"一个非常神经质的女人，她可是吗？"这客人向菲立泼·斯蒂芬诺佛奇讨好说，在一张椅子上坐下，"无论如何，我们不要离开谈话的主要点。所以我并没有犯一个错误。你是泼洛霍洛夫同志，而你——克留克文同志。"

"是的。"菲立泼·斯蒂芬诺佛奇和年轻的伊凡一块儿说，两个人的脸色都变成灰白了。

"啊哈，最好没有。同志们，你们为什么站在那里？坐下来，自己弄得舒服一点儿。"

他们服从地坐下了。

"我有一点儿小小的公事到你们这里来。我不会阻留你们的。"

"对不起，同志，"菲立泼·斯蒂芬诺佛奇傲然地从他的鼻头里哼出来，"……对不……起……我是一个中央机关的代表……我的意思就是说……我们是来考察情形的人……在某种关系上……一句话……您找我有何贵干……"

"我马上告诉你。"这客人高声说，客气之中带着恶意，将他的匣子放在桌上。他的假手和假足轧轧地响着，他打开匣子来，在里面摸索着，取出一张纸头。

"麻烦你读一读，那就什么都明白了。"

菲立泼·斯蒂芬诺佛奇打开纸头，在桌上寻了半天夹鼻眼镜，颤抖的手撞倒了一只杯子，后来他终于讷讷地说：

"我可以抽烟……你允许吗……？"

"啊，请（抽）吧，请（抽）吧，"这客人喊着，打开他的纸烟匣子，"不客气，市民泼洛霍洛夫，你抽烟吧。而你，市民克留克文，我相信，一点儿也不抽的。我知道的。"

说完这几句话之后，他递给菲立泼·斯蒂芬诺佛奇一根燃着的火柴，然后吹灭，寻了半天灰碟子，但寻不到一只，所以又将火柴梗放回匣子里去了。菲立泼·斯蒂芬诺佛奇吹了吹，很卖气力地抽着烟，然后过了一会儿，将夹鼻眼镜架在他的潮湿而汗淋淋的鼻子上，接着念起这纸头来。在这纸头上，盖着一颗大的钤记和几颗图章，以及下面的叙述：

照会。这是给喀虚喀台玛夫同志的，证明他是各处经理货物的旅行代表，Zekompom 版本的派送者。请求所有的人和营业机关尽可能地给他帮助和支持。

"这是很清楚的吧——一切事情都是合法的？"这 Zekompom 的代表说，迅速地从匣子里取出两张邮片和一本颜色封面的小册子。"我希望我们马上能够了解。自然，我们的营业机关的目的与宗旨是用不着解释的，只要对于事业方面解释一下。这里有两个完全的版本，包含有名的作曲家玛奈虚喀的一个美术肖像和一个关于"pig-rearing"的题目的用韵文写的普及版的小册子，附有插画的——每套一千幅。两套，两百卢布。只要看一看纸张和印刷——真是第一等的讲究！这是很适宜于装饰任何机关或私房的。譬如说，看一看玛奈虚喀的肖像——真是惟妙惟肖——栩栩如生的。拿去看看吧！"

菲立泼·斯蒂芬诺佛奇将邮片拿在手里，很赞赏它——这真是惟妙惟肖的。

"你要它们吗?"

"你觉得怎样,年轻的伊凡,哎?"菲立泼·斯蒂芬诺佛奇用一种沉重的声音问,装着一副更加自然的神色,很有威权地望着这会计员。

"我们可以要的,菲立泼·斯蒂芬诺佛奇,为什么不要呢?"年轻的伊凡说,仍旧不能够设想事情是变到这样如意。

"很好,给我一张四百卢布两套的收据吧。"

这代表眨着一只眼睛,旋出笔儿,写好收据。

"你现在付钱吗?"

"付了吧,年轻的伊凡,"菲立泼·斯蒂芬诺佛奇吩咐他,"将收据藏到文书夹里去。"

"Ablimant。"会计员说,付清了钱,但他一面付,一面伤心地瞥视那剩下来的数目,又摸摸他的头顶。

于是,菲立泼·斯蒂芬诺佛奇在做完一切虚礼之后,拉拉胡髭,说:

"你知道的,我是几乎将你当作一个完全不同的人看待的。你自己也想象得出来的,你有一种官相。"

"啊,"这书店代表很有意思的说,"我知道的。我希望你这买卖不会使你失望吧?我必须认罪,因为我吓(走)了你的太太。这两套书你喜欢在哪里交货呢?"

"Abem……年轻的伊凡……你以为怎样?总之,你喜欢哪里交货就哪里交货吧,这是用不着匆忙的。但是你知道,她走了真的并不使我们悲伤。"

"对,对,"这代表恭敬地说,"我知道的。"

"我们的朋友或许可以和我们喝点儿十一号的黑葡萄酒吧?"年轻的伊凡提议,他希望这样一个非常中意的人,不要没有得到相当的款待就离开了。

"那是一个好意见。"菲立泼·斯蒂芬诺佛奇叫道。"代表同志,喝一杯酒吧?"于是他做出一副非常客气的姿势。

这书店代表没有辞谢,只是说,他个人是宁喜欢喝 Chateau Yquem,因为它"比较(味儿)淡得多,喝了又不会头痛,而且还像香槟酒一样的——一句话,是一种极好的酒"。

"那有意思。"菲立泼·斯蒂芬诺佛奇说。于是,在说了曾在老塞贝金的家里,在桌上安排过 Chateau Yquem 的话之后,他就吩咐这一层楼的茶房去拿 Chateau Yquem 和容易消化的茶点来。

在喝酒的时候,他们谈论着,于是这 Zekompom 的代表证明他,虽然是一个拐子,可也是一个非常有趣的同伴,而且又是一个善于说故事的人。他说了这样有趣的故事,就是一个专门说故事的人也不能再修改的了。吃完第五道菜之后,他将帽子推到脑袋后面,他的阔大的满足的面孔依在他那靠在桌上的假臂的手上,说:

"我必须肯定地说,比那些省区里的人们再好的是找不到了。这是一条铁则,省区是一个金矿——一个 Klondzke。首都比较起来只不过是烟雾罢了。是的,你可以坐了一部古老的车到一个重要的城邑里来,于是你会觉得自己显然变成别人了。假使你原谅我,那么譬如说,像一个 R. K. E. 的代表了。你会向车夫询问:'告诉我,车夫同志,你们这里是怎样一种地方机关——一层楼,还是两层楼的?'假使是一层楼的,那么事情是不妙的,你也只好回转了;但倘使两层楼的——啊哈,那完全是不同的事了。'告诉我，车夫同志，这里的地方主席是谁，他像个什么样子，他是怎样呼吸的，而且有像镇上的 Kustprom 那样的企业理事会吗？'假使主席是瘦削的，而且地位很高，这更糟了；但是，倘使他是肥胖的，而且喘着气的——阿哈，这是非常快心的，一切事情都 OK 了。假使那里也有一个 Kustprom 的，啊啊，那真是奇怪了。于是，当沾污的马儿的马蹄在尘灰中驶过去，而脱落了它们的马蹄铁的时候；当你让一部装着某种可诅咒的皮货车过去的时候，你可以摇指一算，将一切琐事都算个清楚。你沿着大街赶车到地方机关里去，你可以完全决定战斗的计划……你看这是一种奇怪的酒……祝你康健！"

这代表和这一对同事叮当地撞撞酒杯，吸了一点儿酒，于是又继续说：

"和一个瘦削的主席是很难对付的。这样一个固执的典型呀！你要一下就克服他，没有通知就走进了他的小房间，'砰'的一声将你的匣子放在桌上：'决定两者之一吧——这三套 Zekompom 的版本，你要还是不要？我没有时间，同志，请快点儿！同志，星期四，我要在 Sovnarkom 做一个报告！'那么两者之一就可以决定了。他不是立即就买，一定会开始愤怒起来，顿着他的脚。假使他买——万事如意。假使他开始顿起脚，那么不如说一声再会，回转你的脚步，或许更好点儿吧。还有什么其他的话可说呢？但是，假使是和肥胖的主席在一块儿，那就容易多了，尤其是在夏天，或者他的私人办公室里很热的时候。这里事情是一定的。凡是肥胖的人，你容易使他乏力的。你走进去，将你的匣子放在桌上，眨着，拿你的眼光贯刺他，像戏台上的自语的样子说着话，说你特地为公事来的，一点儿也不要说到自己，使这个肥胖的人流出汗来，使他颤抖一个半钟头光景，使他完全疲乏，使他沮丧。然后你可以随意指挥了。你相信吗？——经过了各种预感、踌躇和恐怖之后，知道那个人所要求的，只不要叫他买四套版本，于是这肥胖的人快活到不知所措了。他局促着，跑到会计员的办公室里去，如愿以偿地付给你书钱，好叫你早点儿滚蛋。你可以拿作曲家玛奈虚喀像自己的父亲似的谈论着。很好——很快活的——将这事情安排好了。"

他吐出了长长的一条烟雾，吹到天花板上去，看它（在空中）散开去，然后向这一对同事和蔼地微笑，好像想说："看呀，世界上有多少的呆子们，而我和你（一点也不怕）是聪明的。"

菲立泼·斯蒂芬诺佛奇和年轻的伊凡立即感到幸福而适意。至于这代表，在软木塞上弄灭了他的纸烟，再灌了一点儿酒进去，然后沉思地继续说：

"自然，你有时也会偶然遇见一个抵死也不肯买几套的胖子。还有，有一次在乌克兰，我碰到了一个骨瘦嶙嶙的，有如一只狗似的主席。在那个市镇里，你也知道的吧，只有一个可怜的一层楼的地方机关。一只山羊系在外面，它打算吞吃那贴在围墙上的广告。'啊，'我心里想，'事情是不会好了。'可我走进小房间去……你想怎样……一个中央的行政机关的主席……从都城来的！一点不糟糕。他问可有什么事情。我对他详细地说清楚之后，然后说：'这是要决定两者之一的。'我说：'你要买吗，还是不要？'看呀，我的主席突然从他的座位上站起来，满面春风地微笑了。这魔鬼，甚至快活到面孔红涨起来，于是开始用乌克兰语说话了。'正是我们所需要的呀，'他叫道——'我们正需要你。'我心里想，这话是假的；但倘使你真需要我们——啊哈——一切事情都安排好了。'花你四百个卢布买两套，你觉得这个数目妥当吗？''四百个卢布，'这主席叫道，'见鬼，哪里去找钱呢？'于是他开始沉思着。然而我想，这事情是进行得顺利，很顺利呢。'将你的清账簿拿到这里来'，我说，'我们要立即将一切事情都安排停当。'同志们，你们以为事情会变得怎样！我的理想的主席真的拿了乡村的开支预算表进来。很好——我打了开来——一片空白！没有一个便士记在里边。至于教育，你是很清楚的——去做教员，或者接受慈善机关的馈赠，都不是很好的。不是很好的，你同意这话吧；救火队、义勇队也一样的，事实上，你连一颗豆儿也拿不出来的。我们的可怜的理想者坐在那里，几乎哭起来了，他真是十二分愿意买的！的确，这是我经验里面的第一次！非常伤心呀，非常伤心呀！突然地——这是什么啊？我念着第十款——'三百五十一个卢布又六十个哥贝克，做修理器具和桥梁的经费的。'啊，呵呵。这里正好想法子呢。'老丈，'我说，'从第十款里除去三百五十个卢布吧。留下一个卢布又六十个哥贝克做修理费。我答应你打五十个卢布的扣头，至于桥梁可以暂缓一下。这办法对吗？''是的，很好，'他像一种回声似的说，'桥梁可以暂缓的。'于是他快活得满面春风了。我真不知道他们那里没有器具和桥梁这么办，但这和我有什么关系呢？——我拿了钱——Au revoir！"

他们沉默了一会儿——又微微笑一下。

"是的，再没有比地方主席再适意的人们了……一种省区里的生活呀！姑娘们呀！娱乐呀！不，和省区比较起来，都城只不过是烟雾，没有别的。假使他有一百个，或者甚至一千个卢布在他的口袋里，在都城里算得上一个什么人？灰尘，一粒泥沙，一个软体动物（*mollusc*）吧！

但是在省区里，积蓄了五十个卢布，在你的匣子里悉悉地响着，你就成为有钱的，一个有名望的人，一个令人羡慕的 Parti。一个非常受人尊敬的人，一个重要的人物，鬼知道是个什么东西！一切事情可以任意所为了。同志们，我真很惊异，你们愿意带了钱到这悲惨的'卫生旅馆'来，而同时在上帝祝福着的省区里的别地方，是有着完全的幸福的。那里本地人会将你们捧到半天去。那里一定会将你们看作名人。那里影戏院里的第一排只要花三十个哥贝克，在饭店里吃三道菜的正餐只要五十个哥贝克。我可以至诚地宣誓，那里只要花八百个卢布，可以买到一幢房子，连地皮也买在内，还有，譬如封好了储蓄在那里，你花一千五百个卢布，可以得到一个孤孀管家婆。"

菲立泼·斯蒂芬诺佛奇向年轻的伊凡眨眨眼睛，于是两个人都笑了。

"祝你康健！我个人只有在省区里曾经生活过一度丰裕的生活。我搜刮了一点儿钱，到省区里去享乐了一二个星期，一直到我花完了储蓄。我劝你们也要这样做！唉！我可以向你们推荐一个奇怪的小镇——乌克麦斯克——一条美丽的河流，姑娘们，一个重要的铁道俱乐部，他们在那里演奏着小歌剧。一言蔽之，这里没有什么东西可以留恋——哎?"

说到这里，这代表"砰"的一声将匣子放在桌上，从椅子上站起身来，他装的假的骨节在咯咯地响。

"啊，一言为定，我们到底去还是不去?"他询问着，直望着他们。

"我们去的，那是没有问题的。"年轻的伊凡愉快地叫道，同时满满地酌了一杯。

"嗯,"菲立泼·斯蒂芬诺佛奇沉思地说,穿过烟雾,"我不反对。假使你要去视察,也可以去视察的。"

"啊哈,既然那样,我们走吧。现在是两点钟了。火车是四点钟开的,中间还要买车票。我们可以到火车站上去用餐去。行李一定是没有的。叫茶房进来吧。"

新的地平线展开在这一对同事的眼前了。他们付清了这笔非常大的账,于是立即感到万分得救似的。

"你说乌克麦斯克!"年轻的伊凡叫道,不稳定地走到了街道上,臂下挟着他的匣子和他的马。"乌克麦斯克"这个词,不妥当的而又模糊的,好像一个在儿童时代被一条皮条鞭挞过来的流氓,在酒醉了的时候故意杜造出来似的,这时候,对于年轻的伊凡,突然好像用太阳造成似的。

列宁格勒完全盖在一层浓厚的、窒闷的,同时又寒冷的雾里,真好像并没有存在一般的;好像列宁格勒和它的一切魔鬼般的诱惑和美丽,只不过像一个幻象似的出现在蒙眬的醉眼前,于是永远从视界里消失了。在不远的地方,那灯柱上的灯光,黯淡成了一条朦胧的被雾所扭歪了的虹,然后消灭了。路人们谁也看不到谁,只有呼喊声和他们脚底溅的水声,使他们互相知道别人的存在。在车夫背后,一切东西都是雾蒙蒙的,朦胧的,从移动着的火车的窗外,菲立泼·斯蒂芬诺佛奇好像看到伊赛贝莱,她跟在火车背后,在平台上跑,她的外套耸着,喊叫着,一面还挥着雨伞:

"我亲爱的,我亲爱的,给我赡养费吧。你上哪里去,亲爱的人?"

但就是这个和那围绕在他们四围的一切东西,也都是雾蒙蒙的,游移的。

九

　　火车缓缓地从一个车站向另一个拖过去，夜也一样缓缓地向这火车拖着，爬进那车门砰砰地响着的有着头的阴影和刮刮响着的车子。年轻的伊凡站在这不舒服的车子走廊上，以手掌紧按在低低的门捏手上，一心一意地注视那雨打的窗户。因为在一个地方站得太久的缘故，他的膝踝和背脊都感到疼痛。饥饿咬着他，但他主要的苦恼，还是不能够得到一个睡眠，因为喧闹的纸牌戏正在车厢里进行。自从火车离开列宁格勒之后，那书店代表从匣子里拿出一包新纸牌，做一个歪脸，又向他的邻人们眨眨眼睛。

　　或许他们会愿意在一点儿小小的骚动里消磨时间吧？于是某种不知名的纸牌戏开始了，最初是很小的押注，后来渐渐大起来，到了晚上，每一个人多少都被卷进（这纸牌戏里）去，甚至那两个用低低的声调在上铺位谈论了很久关于八千磅羊皮被雨水打湿的事情的铁道雇工，也爬到下面来，而且，汗淋淋地红着面孔，走到一边去解开他们的也有公款藏着的裤子，已经有两次了。

菲立泼·斯蒂芬诺佛奇样子极佳。他的鼻头变得红红的，夹鼻眼镜在鼻子滚着。纸牌和钞票，因为汗淋淋的手捏捏的缘故，已经变成污秽的了。这代表已经完全改变过了，现在态度上变得十分残酷无情，好像他是用那假手臂扳着每一个人的喉咙，向每一个人说："现在，同志，你不能够走开的；你从来不曾遇到过像我这样的人呢。"所有车内的人们围在玩纸牌的人们的四周，甚至那得到五个卢布小账的卫兵，不仅没有来麻烦他们，而且从各方面尽可能地帮助他们——拿来啤酒和蜡烛，通知他们检查员要来了。年轻的伊凡精神非常委颓，他好几次坐在菲立泼·斯蒂芬诺佛奇旁边，扯扯他的衣袖，低声说："停止吧，菲立泼·斯蒂芬诺佛奇，请你相信我，你要输钱的。看上帝面上，不要信任这男人吧，不要以为他是一个代表吧。"但菲立泼·斯蒂芬诺佛奇只挥挥手，叫他走开，好像他是说着"你喃喃点儿什么呢，要带给我坏运气给我吗？走开吧"。

于是，年轻的伊凡又走到那寒冷的走廊，打着呵欠，凝视着窗外，从火车里看到的湿漉漉的风卷着的夜晚，那好像是一座稀疏的树林的边缘，白色的桦树的闪光，积水潭的影子，或者这是飞坠着的雪片吧。谁也不能够真正知道在那窗门外边，好像被大朵的湿漉漉的雪片打着一般的窗门外边所发生的事情。啊，雪呀！或许到了夜间，天气变得更冷，而且雪也会（真的）落下来，那么将要变得更加灰白了。年轻的伊凡在一生之中从来没有感到过这般不快又这般阴郁，也从来不曾有过这样厉害的自哀自怜。不可信的又不清楚的思想奔过他的脑筋里。这些思想并不是连续地奔来，又没有结成固定的形象而突然消失了，只留下了碎片、纷乱的观念和一种深切的孤寂的感觉。突然愤怒抓住了他的心，因为他毫无代价地给了莫尔喀六十个卢布；接着他又生气自己没有洗一个澡，没有换一件衬衫，没有买一把六弦琴；然后他又突然想到那无疑虑的王妃，那欧罗巴饭店，那伊兰恶毒的诈计和其他的事情，而且这些回忆使他恼怒到这程度，他竟预备在这移动着的火车里跳起来了。接着，不知其所以然的，菲立泼·斯蒂芬诺佛奇的女儿沙伊喀突然闪过他的记忆里，她那橘色的织帽，她那绕在前额的小小的鬈发，她那皱蹙的眉额——她笑着，又拿那装着练习速记的练习簿的小书包到胸口上去。一个伶俐的姑娘呀！他只不过见到她片刻的辰光，但从此永不能从记忆抹去她了。比起他现在这样坐在火车里东西跋涉着，与这样姑娘结婚，是比较安定得多，安慰得多了。你可以开一个小小的铺子，一块儿上戏院和影戏院去，或许到了时候还可以生一个婴孩，那是甚至比年轻的伊凡还要小得多，鼻子更小了，不比一颗豌豆大些，显得懒懒欲睡的样子。在火车与窗玻璃的震动声之中（年轻的伊凡可没有留心到这声音），年轻的伊凡在心里歌唱着一曲为他所不能忘记的歌，一直到他的脑袋疲乏到快要炸裂的辰光：

"我们恋人的脚经过的小路，已经有草儿长在那里了。"

他唱了又唱，不能停止；要想避免上面这些思想的企图，使他自己也觉得非常惊异而且昏晕。

有时，菲立泼·斯蒂芬诺佛奇会披着没有扣好的外套，跑到走廊上来，然后用手掌擦擦他的腮颊，低声说：

"你知道吗？他是这样分牌的，我有六，他就有七；我有七，他就有八；我有九，他就有十；连续的六次牌都是这样子。你怎样说法呢！他刚从桌上拿去了三百个卢布。这只野兽！"

于是他又迅速地回到车厢里了。

天色渐渐破晓。那晚上落下来的雪片，现在仍旧积在冰冻的地上没有融解。覆着白雪的屋顶和火车站出现了。火车停下来。一个穿着一件羊皮夹里的外套的男人从外面推开门，向里面望望，然后将一盏烧着的灯笼推到走廊上。寒冬的空气吹进里面来，同时还带来了引擎清澈的、尖锐的长啸声。

"这是什么车站？"年轻的伊凡问。

"喀林诺夫镇。"这穿着羊皮夹里的外套的男人，用一种哀愁的声调回答着，然后离开那开着的门，走开了。

"喀林诺夫镇。"年轻的伊凡觉得这名字很熟悉。他觉得这两个字真的非常熟悉，好像是连在一起的，喀林诺夫（*Kalinoffton*）。接着，一个写着人名地名的信封立即出现在他的脑筋里，用一种不能抹去的铅笔写在灰白的纸上："喀林诺夫地方，奥斯盆斯基，上皮里沙喀村……"于是他突然战栗地记起来了。

菲立泼·斯蒂芬诺佛奇出现在门路里，他的羔羊皮帽斜戴在头的一边。

"哎，"他用一种沙沙的声音说，摇摇头，"他每一次牌都是这样分的；只要想一想，他分牌，不像一个人，只像一个鬼怪。这真奇怪。"

"菲立泼·斯蒂芬诺佛奇，"年轻的伊凡哀求着，"记住我的话吧。

不要因为他是一个代表，就很率直地信任他。他是一个拐子，并不是一个代表呀！他的纸牌大概都做好了记号。你会弄得破产，泼洛霍洛夫同志。不要再回到那里去吧。"

"你在说废话，年轻的伊凡。"菲立泼·斯蒂芬诺佛奇喃喃地说，于是迷乱地整好那从他鼻上溜下来的夹鼻眼镜，"我怎么能够不回去呢？"

"那是很容易的，菲立泼·斯蒂芬诺佛奇，"年轻的伊凡低声说，"很容易的。我们快点儿离开这火车，让他一个人在那里玩他的纸牌，让他有好运道吧！我们还是留在这喀林诺夫镇为妙，它距离火车站不过两克罗米特光景。这倒不是一种坏市镇呢。我生在这地方，至于我的母亲，假使此刻还没有逝世，一定仍旧住在上皮里沙喀村，离开火车站不过三克罗米特。真的，菲立泼·斯蒂芬诺佛奇，我们还是离开这里为妙。"

"你在说什么话呀？"菲立泼·斯蒂芬诺佛奇说，冷到了寒颤颤的，擦擦他的手，大概感到不快活，"我们怎么能够下去，离开了这男人呢？还有，车票……"

"车票有什么关系呢？让我们在这里下去，那就没有别的事情了。看呀，一阵雪片在落下来。我们立即雇一部雪橇，他们马上就可以将我们赶到喀林诺夫——一直到旅馆里去。我们下车吧，菲立泼·斯蒂芬诺佛奇。"

"对的，"菲立泼·斯蒂芬诺佛奇说，"那么，到喀林诺夫去吧，可以免得你心焦。让我们到头等的车站餐室里去，用伏特加来款待我们自己。"

他们仔细地走到铁轨上面，在黑暗中，在雪花里，在那停着的车子的窗下走着，走到了月台上面，那里可以看到几个模糊的人影，坐在待车室旁边的包裹上。一口昏沉的钟在传递开车的信号，于是引擎喷着水汽，火车开走了，从火车站里携走了许多的辉煌。

但是在这可怜的火车站的餐室里，为了某种缘故，没有电灯，只有一盏油灯燃烧着，他们要不到伏特加，也没有啤酒，而那个在客座与客座之间递着柠檬水的茶房，用一种愤怒的口气说道，因为募兵，在这三天之内，在一百克罗米特的半径的圆周之内，不准售卖一切酒精，所以你们只能够喝点家酿酒了。"明天来吧，明天就有很多四十度强的酒了。"

"这是一件好事情。"菲立泼·斯蒂芬诺佛奇说，"你的故乡喀林诺夫是一个很好的地方。你说怎样？"

在火车站上没有其他的事情可做。菲立泼·斯蒂芬诺佛奇和年轻的伊凡走到门口去了。

在马路的那边，靠近火车站的园子，四个车夫像一个月份牌似的标着数目字，在等候着。两个车夫有驾着车轮的车子；两个车夫有雪橇。这里的天气是奇怪的。车夫都沮丧地坐在他们车的座位上，他们的脚摇摆在一边。他们一点儿也不注意客人们。马鼻子都伸在鼻套里，一副颓丧的样子站在那里，甚至连尾巴也没有摇摇。这一对同事在门路里站了两分钟光景，清晨的寒凉使他们战栗，但终于其中一个车夫用手横在他的长着胡髭的嘴上，伸着一个呵欠问道：

"那么，火车已经到了吧？"

"到了。"年轻的伊凡说，"五十个哥贝克载我们到喀林诺夫镇去吧？"

"给我四十个哥贝克，路并不难赶。"车夫迅速地说，拿去了他的破烂的帽儿。

"奇怪的人！"菲立泼·斯蒂芬诺佛奇说，"别人愿意给你五十个哥贝克的价钱，而你只要四十个，这是什么规矩？难道你们这里有一定的价钱的吗？"

"为什么要一个一定的价钱呢？"车夫用一种气愤愤的声调说，戴上了他的帽子，"让别人有一定的价钱载你们去吧。我只不过弄差了，以为你们说二十五个哥贝克，而不是五十个。"

"很好，四十个哥贝克载我们去吧，假使那是实在情形。"

车夫又拿去他的帽子，在手里紧捏了几回，沉思了一会儿，然后将帽子抛到他的耳朵上。

"别人可以四十个哥贝克载你们去的，但我在二十五个哥贝克之下是决不载的。"他迅速地说。

"你是多么不合理的家伙呀！"菲立泼·斯蒂芬诺佛奇愤怒地说，"我们没有时间和你在这里闲谈，我们还有别的事情要做，我们要去视察。一会儿别人还他五十个哥贝克的价钱，过了一会儿他又在二十五个哥贝克之下不肯去！"

"让别人二十五个哥贝克载你们去吧。我已经答应五十个哥贝克之下不载你们去的。"

"什么话？你当我们呆子看，还是你喝醉了酒？"菲立泼·斯蒂芬诺佛奇叫道，完全发脾气了，"一会儿说二十五个卢布，一会儿又说五十；不知道你到底要多少，你这醉鬼！"

"明天，当他们答应可以卖四十度强的酒精的时候，你说我喝醉了酒，这或许是的，但此刻我很清醒。我说二十五个卢布，但心里是想五十个卢布。"车夫说，又拿去了他的帽子，"二十五和五十，发音是很相像的。"

"嗯，这算什么话？你四十个哥贝克赶我们去呢，还是不去？"菲立泼·斯蒂芬诺佛奇用一种遏抑的声音咆哮着，全方场起了回声。

"我不赶你们去，"车夫淡然地回答，旋转身，背朝着他们，"叫别人赶你们去吧！"

"呸！"菲立泼·斯蒂芬诺佛奇说，真的愤怒到唾出痰来了。

于是，一个戴着一顶西比利亚的白皮帽和穿一件羊皮短衫的年轻的车夫（从他的羊皮短衫底腋下的裂缝里，可以看到夹里的）装腔作态地说：

"这样子吧。我三十个哥贝克载你们去。"于是他做做手势。

这一对同事爬进了一部古怪的狭窄的雪橇，里面铺满干草，他们将覆布盖在膝上，赶到镇上去。这镇和 Sovit 联邦其他的镇一个样子的——十个古老的教堂和两个新的教堂，一座未完成的建筑和一个火防局，以及一个用大钉保护着的空虚的市场。在市场的中央，有一个满脸雀斑的农夫领了一头母牛站在那里，天晓得他从哪里领了这头母牛来卖。在路上，从他的乘客们口中，听到了他们是 Sovit 的雇员，是到喀林诺夫来观察的之后，车夫就从他赶车的座位上挺直身子，向他那灰白的老鼠似的马叫道"向右转"，于是显得神气活现地赶到农民旅馆去，它的长长的洋台门口正对着市集的方场。不过，旅馆门还没有开，在踏阶上坐着几个笨拙的农夫，他们一点儿也没注意这一对同事。紧贴这房子的是一个酒排间——老鹰，它里面也有房间的，再过去点儿，是一个茶馆，大门也紧闭着。

菲立泼·斯蒂芬诺佛奇和年轻的伊凡走下雪橇，付清车夫的钱，在集市的方场四周漫行着。车夫将鼻套挂在马头上，警戒似的挥挥马鞭，然后跟在这一对同事后面，那么，假使必要的时候，他就可以服侍他们了。

当车夫坐在他那赶车的座位上时，好像是很不错的，一旦走下来，开始漫步着的时候，他所有的贫穷和衰弱就暴露出来了：他的羊皮短衫是乱七八糟地补得满满的，一块又加一块的补缀上去，两边裂到了口袋旁，一双古怪的长靴摇摆在他脚上，累得他不能够好好地走路。他的鼻头又尖又红，短短的胡髭像一丛矮树似的，还有那双小小的蓝色的邪僻的眼睛——这是很容易看出来的。这个男人不呆，是一个真正伶俐的家伙，喝酒是不反对的，他完全是那样一种人，假使召去服战役，不能列在战斗员里面，只好放到后援军里面。这一对同事显着一副寂寞的神气，在方场四周行走。有一块红牌悬在角落里的房子上，写着"死去了的德杜虚金方场"；再过去一点儿，在一条荒凉的街道开头的地方，可以看到另一块牌，写着"死去了的德杜虚金的街"。在一家紧锁着的店铺的门路上，也挂着一块长牌，用大的字母描着"死去了的同志德杜虚金合作社"。到了这里，车夫说，他是在他们那里服务的，而且说明了这一切意思；（他说）怎样在这喀林诺夫镇里有一个警察的首领，一个德杜虚金同志，比平常的人伟大。人们为尊重他，拿他的名字来唤方场、街道、合作社和许多其他的机关与地方。他们甚至想将这市镇也唤作德杜虚金，但是，在美好的一天，同志德杜虚金证实了自己是一个严重的贼，于是在地方会议里审判他，送到牢狱里去受三年严厉的监禁，剥夺了一切公权。喀林诺夫镇的长官们密议了许多时候，商量他们怎样能够公正地消灭这不愉快的情形。对于这样一个罪犯，仅仅花钱去买了新的牌和招牌（来换去旧的），这是没有益处的。所以，过了一会儿之后，他们决定在德杜虚金的名字前面，放上"死去了的"，那么对于这事情就可以放心了。这样，德杜虚金终于撤销了。

在"死去了的德杜虚金方场"的另一端，一个戴帽穿长靴的工人臂下挟着一只鹅儿，在那里走路。他的整个的神容和鹅儿的神容是十分颓丧的，你用语言是无从形容的。他走路这般缓慢，有时好像他一点儿也不走路，只不过站在一个地方，在他前面举起了一只膝踝，思索着，是放下膝踝，还是不放下去。

"这个喀林诺夫镇，是一个好地方，这就是我所要说的话。"菲立泼·斯蒂芬诺佛奇唠叨着，吹一吹他的纸烟，"他们不卖伏特加，茶馆也关上门，人们显然是这般笨拙的，甚至他们的德杜虚金同志也死去了。省区——一个被大水冲洗过的地方！"

"你很对，说市民们是笨拙的。"车夫迅速地跳进来，跑到前面，向菲立泼·斯蒂芬诺佛奇窥望着，好像在窥望一个太阳，"你的话一点儿不错，人们都是笨拙的，因为他们等候着伏特加。让我们希望能够活到明天，尝一尝四十度强的药剂。茶馆不久也要开了，你可以决定的……嗯，他们现在已经打开它的门来了……"

真的，在那个辰光，"老鹰"酒店的门都开了。那些坐在旅馆踏阶上的农夫们闲情地互相望望，排成零零落落的一列走进"老鹰"里。过了一会儿之后，当踏阶上已经没有人坐在那里的时候，旅馆的大门也打开了。由车夫陪伴着，菲立泼·斯蒂芬诺佛奇和年轻的伊凡走进"老鹰"里去，要一间房间。看看这些期望着的客人们，旅馆主人可怕地喧哗起来，唤叫着茶房。一个穿着衬衫袖的茶房拿着一个大茶壶从厨房里轻跑出来。他立即将大茶壶放在地板上，在胸衣上拭拭他的双手，然后迅速地跑到楼上去了。那时候，一个两手拿着古铜烛盘和两块木头的农妇在楼上奔跑着，她的样子好像快要骇死。

"你将一号房间的门钥放到了哪里去呀？"从什么地方传来了这样一种咝咝声，"难道你不知道从中央来的盗用公款的人们已经到了吗？快点儿上去吧，你这呆子！"

在这话之后，旅馆主人领着这一对同事上楼去，到一间四面板壁的房间里，里面用纸条贴的好像兵士的箱子的样子——蓝色的和黄色的纸条。在房间里，放着一张桌子、一个睡榻、一个装着木板的没有褥子的铁床架和一个抽屉柜。在抽屉柜上，挂着一面昏沉的镜子，与其说它是玻璃做的，倒不如说更像铜做的，更像它摇摆得很厉害。一个没有插蜡烛，却装着一束纸扎的玫瑰花和青青的叶子的吊灯架，映照在镜子里。这时候，那个为了某种缘故跟着这一对同事走进房间里来的车夫，手里卷扭着他的帽，像中国人似的嗤嗤笑着，恭贺他们平安地到了（这里）。而同时菲立泼·斯蒂芬诺佛奇从鼻孔里喷出烟气来，望望旅馆主人和所有那些显着一副威严的神气群集在门口的职员，责备他们没有伏特加，而且带了一种要做的事情的优美的意识，吩咐拿一份花样完全的点心来，可是，结果只从酒排间里拿来蛋和腊肠。其时，年轻的伊凡站在窗旁，凝视着窗下的方场。他凝视着，不知道怎么会发生这事情，他会突然站在这里，而且望着那窗外的喀林诺夫镇。这镇，他是很熟悉的，曾在他的幼年看过而已经完全忘记了的，可看起来仍旧是那个老地方，好像新近的事情一点儿也没有发生似的，仿佛在那个古老的喀林诺夫与这个喀林诺夫之间的一切记忆里的事情是消灭了，没有事情横隔在它们中间，没有一九一六年的召去从军，没有在营地的面包所里服役，也没有在莫斯科的联队本部，也没有撤退的中军，也没有红军里联队的哨兵，也没有劳动总局，也没有吐克斯坦斯基同志的部署，也没有肉市，（在那里的木壁后面，就是在此刻，或许那小小的灯儿也还在青色的灯罩下燃烧着吧），仿佛这一切事情并没有发生过。过去只有，现在也只有这眼前的喀林诺夫镇，在镇的四周是围绕着喀林诺夫地方，中心是奥斯盆斯基粗野的地方，在奥斯盆斯基的角落里，那里布金斯基的森林到了尽头，喀林诺夫喀河转了一个大弯，在森林与草原之间，位于上皮里沙喀村，每逢水涨的时候，水就一直泛滥到教堂……在夏天，孩子们跑到河边捉小鱼，到了冬天，他们横过草原上学校里去……那里，母亲们都用干草来填塞木屋的缝隙，窗门都是很细小的……乡村被咖啡果点缀成绛红色……冬天父亲带了工友们从镇上回来……地方并不大，那里的东西又不好，还不够供养他们……农夫为了生活去工作……妹妹葛露雪在天井里榨牛乳，她的近旁有人在修理塌车……当黄昏时候，祖母在忙碌着火炉的辰光，尖头的炉叉的影子，像一个魔鬼似的飞过了茅屋……一个孩子在摇篮里叫喊，递交邮件的信差都武装着手枪和刀……在树林里，青苔湿漉漉，萤火虫闪耀着……可以听到遥远的地方水车的声音……渡船摆过河上去……再远点儿，是铁路和喀林诺夫镇。这市镇有它自己的美和有趣的地方——小菜场、火防局、旅馆和许多奇怪的教堂……而在窗外，喀林诺夫镇是完全在视界里，那拿着鹅儿的工人，那落在雪和干草上的雨，那领了母牛站在方场中央的农夫，那一群群的老鸦无声地飞过了铅一般的天空，落到屋顶后面去，好像许多帽子被一群隐藏着的人们抛到空中去似的。

这时候，茶房拿了一碟蛋和茶，到房间里来。因为菲立泼·斯蒂芬诺佛奇邀他吃一点儿，这车夫就假装着谦逊，又装着一种服从的快乐神气，在一把椅子的边上坐下，在碟子上吹吹，然后客气地吃起他的饼干来了。年轻的伊凡坐下来，洗清了杯子，然后热烈地吃着茶，但他没有用一点儿蛋——现在他不想吃蛋。菲立泼·斯蒂芬诺佛奇只用他的叉子啄着东西，没有吃完他的蛋，所以车夫将整碟东西都吃完，只剩下了两口腊肠。因为茶的力量而暖和起来之后，这一对同事就解开了外套，将头倚在拳上，落入沉思，茫然地思索着他们接着做什么事情呢——但他们一点儿也想不出来。喀林诺夫是一个怎样的市镇呀，绝对没有丝毫事情可做。它是昏沉到了这地步，他们甚至想睡觉了。

"那么，这意思不是说人在喀林诺夫是不能做这类事情的么？"菲立泼·斯蒂芬诺佛奇问道，忧伤地摇摆着，又在车夫面前举起了他的手指。

"不，"车夫说，他从一种昏沉的状态中醒过来，眨眨他的眼睛，"一点儿也不是那样子的。十分感谢你的茶。人们都没有准备，而且又没有时间好拿一点儿东西进来。到了明天他们再卖酒时，那就很好了。"

"那么现在喀林诺夫的人们喝什么的呢，还是大家都完全不喝酒呢？"

"有的是不喝了，他们等待那四十度强的伏特加出卖；其他的都喝着家酿酒。"

"他们从哪里去找家酿酒呢？"

"我知道他们从乡村里去找来的；一瓶上等的家酿酒要花一个卢布又二十个哥贝克。它不仅气息芬芳，而且还厉害得很，使你喝了喉咙会发烧，这是比伏特加都好多呢。"

车夫从他的座位上跳起来，开始喧闹着，挥着他的长手臂，说只要他们说一句话，他就可以上顶近便的乡村里去，尽可能带二升家酿酒回来。上那里去是八克罗米特路，回来也是八克罗米特路，所以他回来用正餐还可以喝一顿酒。年轻的伊凡叹息着，默默地说，假使他们大家上上皮里沙喀村去，或许这样更妥当点儿，这只不过三十克罗米特的距离，而且那里有他的母亲和亲属，他们可以在那里得到最优厚的招待，不会被别人骗去，而且，假使他们愿意，还可以住在那里的。

"为什么不去呢？"菲立泼·斯蒂芬诺佛奇叫道，"很好。视察就是视察呀。我们有什么东西遗失在这里？我们到上皮里沙喀村去吧？"

这出现在他眼前的新计划使他兴奋起来，菲立泼·斯蒂芬诺佛奇整好他的夹鼻眼镜，望着他的鼻头，而同时还在脑筋里描绘着自己，好像是这样一个人，有点儿像一个高等社会的人物冬天带着猎狗去打猎，又有点儿像他是赶着一部有毡毯、铃、美丽的女人的精致的忒洛卡，在乡村的房子前面停下来……有新月照耀的澡堂上，闪亮的雪上，燃烧着一种蓝色的光辉的短肥的马上，以及别的东西上面……于是他兴奋的脸绯红了。这一对同事立即和车夫安排旅行，而他完全同意他们的意见，他们和旅馆主人算好账，又定下了房间，答应明天回来用正餐，因为那时可以买到伏特加了。于是，一点儿光阴也不肯浪费，他们下楼去了。因为这车夫不是本地人，所以他们到茶店里去问农夫们，到上皮里沙喀去的确实的道路是怎样走的。像古代的希腊哲人似的坐在茶店里的农夫们，注意他们的询问，互相凝视着，拉着他们的胡髭，又商量着，然后其中有一个人向他们详细地解释着路径，确切地告诉他们，他们必须先走过那一个村子，到了那一条路他们必须转弯，他们必须走过那一座桥，然后再转弯，到了喀斯金斯开耶，他们会看见那水车——不是去年烧了的那一架水车，而是另外一架——那里的磨坊师父的妻子只有一只眼睛的，那里有一只渡船摆过河上去。说到这地方，一个坐在较远的地方的、神气非常可怜的老头子，疑惑地摇起他的头来，而且还嗫嚅地说着，假使他们走这样一条路，他们会什么地方也找不到，所以必须走一个另外的方向，向克立玛喀走去，皮里沙喀就很近了。等到向他说明他们并不要到皮里沙喀去，而是到上皮里沙喀去的时候，这老头子从伙伴们中间转向一边去，絮絮地咆哮道："我以为他们只不过到皮里沙喀去，哪里知道他们是要到上皮里沙喀去呢。你应该说个清楚的。上皮里沙喀是一个地方，只说皮里沙喀又是另外一个地方了……到这两个地方去的路是背驰的……你应该当初就说个明白的……现在只有上皮里沙喀和皮里沙喀！……从前还有一个下皮里沙喀，不过在三十年以前被火烧了。"

这老头子不快活地在胡髭里嗫嚅着他们弄不清皮里沙喀，约半个钟头光景，但是没有一个人去注意他的话。

菲立泼·斯蒂芬诺佛奇跨进雪橇，赶开去了。

"等一等！"菲立泼·斯蒂芬诺佛奇突然叫起来，声音里充满了要去领导人又打动人的欲望，"停下来！我们没有礼物怎么可以去呢？唉！不可以的！假使我们以客人的样子去看亲属，我们必须带礼物的。这样对么，会计员？车夫，停一会儿吧。同志，我们必须拿一件十分惊人的东西去，使你的母亲瞠目结舌，某种威皇的东西！"

菲立泼·斯蒂芬诺佛奇四面望望，看见了那个领了母牛的农夫。

"一头母牛，"他叫道，"一头母牛！那母牛如何？你同意一头母牛么，会计员？一种对于农家必需的东西！她们（*看见了*）会惊骇起来！会发生一种骚动！大家都很愉快！一头母牛，一头母牛！我可以担保，你的母亲会快活到发疯！"

说完了这几句话之后，他敏捷地，在他的年龄显然算敏捷地，跳到雪橇外面，这般迅速地买来了母牛，使这农夫莫名所以。

菲立泼·斯蒂芬诺佛奇拍拍这新买来的母牛的腰身，而腰身上有着像一个澳大利亚的地图似的记号，然后将这动物系在雪橇后面，再坐进雪橇里去，扯上了覆布，向这惊奇的车夫叫道："现在，赶去吧。"于是，他得意扬扬地用手肘向年轻的伊凡的腰部顿了一下。

"向右转。"车夫叫着，叫他的鼠灰色的马跑起快步来，于是他用两只套着手套的手在胸膛上敲着。接着会逢到什么东西呢？人在这样的旅行之中，不能够失去任何东西。

这惊讶的母牛低着头儿，在雪橇后面疾走着。

这一对旅客不久就远离市镇了。

至于那卖去了母牛的农夫，在"死去了的德杜虚金方场"中央站了半天，一只手里拿着帽子，另一只手里拿着一百二十个卢布，被蒙蒙的细雨打湿了身子，他简直不能够集中他的意识，或离开这块地方。

十

年轻的伊凡已经有十年不曾回家，也有十年不曾看到他的母亲。当初她曾经写信又报告消息给他，但后来就停止了。有时，他觉得好像她和上皮里沙喀村都不曾存在过一样。但是当那头鼠灰色的小小的马终于沿光滑的道路拖到了小山的顶上时，年轻的伊凡的心儿立即又开始兴奋到剧烈地跳动着。村落就在那里，就在前面，（可以看到）那有蓝漆的木头雕成的美丽的窗饰的灰白的木屋，望着围篱的顶尖的马匹，卷缠着烟雾的茅屋顶。街上有围墙和花园，有一片片的红色葡萄果，被夜间的霜打着，被鸟儿啄着。街道的两旁到处都满种着葡萄果，眩得人们的眼目昏晕。好像这种临时的满眼的颜色，几乎是使人们生活在那里唯一的原因。在那惨淡的天空下，在那种惨淡的乡村的景色里，在那空气里充满了一种松树的湿润和秋天的气息。

在村头，一个裹着一块包头帕，穿着一件不称身的男人的短衫的肥大的农妇用草梗填补着她的茅屋的隙缝。

"停止吧！"年轻的伊凡叫道，"停止吧！母亲！"于是他跳出雪橇。

这农妇转向路上，睁开她的眼睛，看见了后面系着一头母牛的雪橇、鼠灰色的小小的马、从镇上来的客人们，于是她向前走了两三步，将她手中的一捆草梗落在地上了。从窗口露出了一个女人的惊慌的面孔，接着又不见了。接着又是这同一个面孔，不过此刻是裹着包头帕，闪过了另一个窗门，门儿砰然打开，一个穿着一双高高的毡靴的村俗的姑娘从墙门间里跑出来。这两个女人都伸出了手，扑在母牛身上。母牛是喘着气，站在雪橇后面，舐着菲立泼·斯蒂芬诺佛奇的外套的后摆。

"啊，这是我们的布里喀呀，"这肥大的妇人绝望地叫着，扯住了菲立泼·斯蒂芬诺佛奇的袖口，"告诉我，你从哪里找到了我们的野兽？那绕在她角上的绳还是从前的绳。它是这里的。全村可以证明绳是这里做的。上帝原谅我，发生了什么事情呀？"

"告诉我们，告诉我们吧，你们和但尼罗有什么关系，你们这些窃贼们！"姑娘说，用包头布拭拭她的宽阔的面孔，在雪橇四周迅速地奔跑着，"自从他前天拿了这母牛到喀林诺夫去之后，他就不见了。我心里感到事情有点儿糟。说吧，你们和这农人有什么关系。"

"你闹什么，母亲？难道你疯了吗？"年轻的伊凡终于说，这两个女人的叫喊真使他倒退转来了，"你不认识我吗？"

现在这农妇向他惊视着，紧紧地揪住他，于是变得面色惨白又喘着气。

"你，伊凡，"她静静地说，画了一个十字，抓住了她的胸膛，"真的，伊凡。我们以为你已经死了。但这是如何能够呢？……唉，我的天……年轻的伊凡！"

于是，这妇人在欢笑和眼泪之间颤动着，将她的小小的伊凡拖到她的肥大的胸怀里。

"年轻的伊凡，我的家兄（Town brother）！"姑娘喊着，羞怯怯地将面孔去贴在他肩上去。

于是关于母牛的一切事情都解释明白了。此刻他们为她买来的母牛，就是前天年轻的伊凡的母亲差一个务农朋友——但尼罗——她的女儿的爱人，去卖的那一头。所以菲立泼·斯蒂芬诺佛奇所预期的一种骚动和大家的愉快都没有实现，但也不是没有惊讶。菲立泼·斯蒂芬诺佛奇在车夫的指示下，在路上停了好几回之后，已经被家酿酒灌得烂醉了，现在他举起帽子，恍惚地向各方面弯弯身子，从他的鼻头里哼出一种高傲的迁就的声音——好像是在"我很快活"与"坐得很快活"之间，于是立即开始用这般不可解的废话，谈论着关于考察这乡村、老塞贝金、撞骗的代表、残暴的沙皇尼古拉、伊赛贝莱和别的事情，使这两个女人由恐怖和尊敬变成十二分的瞠目结舌，而车夫则用一种酒醉的声音喊着"向右转"，还非常愉快地用两臂拍过他的胸膛。

接着，将这两个受欢迎的客人引进茅屋里去了。亚里昂虚喀（从路上推度出来，这狡猾的车夫对他叫亚里昂虚喀才回答的）卸下马具，将他的马安排好马房，然后也走进茅屋里来，然后假装着热诚，向神像祈祷完毕之后，坐在一张刚放在门内的长凳上——"The cobbler doesn't go beyond his last"。妹妹葛露雪将母牛放在草棚里，然后怕羞地低着眼睛，坐在她的手织机上，拿丝线穿进木梳子里去。这位女主人在孀居了一个长时期之后，已经变成惯于被人视为一家之长的。她将两只肥大的手肘靠在桌上，而客人们是恭敬地坐在桌旁，于是她开始以实事求是的口气谈起话来，虽然她的谈话只是为了年轻的伊凡，但她好像向菲立泼·斯蒂芬诺佛奇说着，使他感觉到她对儿子的一种尊严和她是一个浸于权威和体面里的人。她这般泰然自若地谈着，有时她好像是一个脸上长着许多农民的胡髭的男人，而她的眼睛是在浓密的农民的眼毛下搜索着，好像她很清楚她和一个什么人在谈天，他心里包藏着什么，以及他是否真和他的外表一样的。

当黄昏初上的时候，当年老的农妇在房间的那边看不见的地方忙碌着锅子和茶壶的时候，这孤孀徐徐地谈着她的生平，好像她在那里做一个非常详细的报告。土地的收入很少；而土地又不多。专靠卖东西是不够过活的，而家里又没有男人。葛露雪秋天要和但尼罗结婚，那个死了的农妇尼克福的儿子。他是一个安静的家伙，可是已不年轻。结婚典礼要举行，但是有什么办法呢？必须要将母牛送到喀林诺夫市集去卖掉，否则她们一点儿事情也不能办。谢天谢地，母牛不要钱的送回来了，但她得要饲养，然而又没有东西可以饲养她。老祖母今天或明天或许会死去——她是很衰弱了。夏天测量师来过，测量土地。但是测量有什么用处呢？不管怎样测量都没有关系的；假使你没有一点儿土地，那就不能测量了。还有那黑心的磨坊师父——每磨四十磅，他就拿去六磅，别的地方你哪里还能够找出这样的人来？磨坊师父像一个布尔乔亚似的生活着，不说一句谎话，别的东西且不管，单是鹅他有十五只。那年亚麻长得颇茂盛，这是容易安排的，但家里没有一个男人事情就十分困难了。

孤孀始终不懈地又说了一大套，从她的胡髭里忧伤地微笑着，而且当她微笑的时候，可以看到她的两颗门牙已经脱落，可见她那新近故世的丈夫不曾有一种非常仁慈的天性。她还是在那里笑这些不幸（的命运），或者以一笑来掩藏这些不幸（的命运），还是在那里诉苦，或者只不过谈谈话来娱乐客人们，这是很难知道的。

菲立泼·斯蒂芬诺佛奇用一个醉汉的注意力来倾听这孤孀的谈话，他的眉毛竖在他的膨胀的眼睛上，从他那胡髭里吹出了烟气，好像他想说："啊！很好！太太，不要苦恼你自己吧！你可以信任我的。我会替你将一切事情都安排得很好。"

年轻的伊凡急瞥着这茅屋，他诞生地的四周，看到了那些童年时代就记得很熟的物件——有钟摆的挂钟，覆着锡罩的灯儿，神像，图画，褪色的相片，一件挂在门旁的钉上的农民外套，木桶和薄铁勺罐，木头的手织机和它的踏脚板——于是他觉得好像从来不曾离开过这些东西，而是始终生活在它们中间，他是这般熟悉它们的。而且他的母亲的话语也和旧日一样，童年时代就非常熟悉这一套的——磨坊师父、测量师、母牛、旅馆主人……它们在年轻的伊凡心中引起一种惨淡的情绪，而且还变成一种沉重的绝望。不，这是不可能的，这些曾经插进来过的东西是不会永久逢到的。它们多少不是从前的东西了。

外面已经天黑，葛露雪点起了灯。这时候，炉叉的影子像魔鬼似的跑进了茅屋里。要想逃避这颓丧是没有办法的；你只有坐着，听着，望着——除此以外，毫无事情可做的。亚里昂虚喀坐在门旁，拿起他的衣袖来掩盖呵欠，等待那可以安排食物的时候（的到来）。菲立泼·斯蒂芬诺佛奇也滑入一种阴沉的、酒醉的沉默中去了。

这时候，克留克文孤孀的儿子和另外一个戴眼镜的男人从镇上到她的茅屋里来，而且那另一个男人就是年轻的伊凡的长官，他们都喝得烂醉，还随身带了一头母牛，看起来，好像他们为了某种还没有（被人）知道的目的特地来视察的，这新闻传遍了全乡村。

农夫们和平日一个样子，一直等到黄昏，然后几个人一群来拜访这孤孀，目的是想来见识一下客人们，而且来听听他们十分聪明的议论，有如平日从客人们口中所听到的。那些德高望重的老头子顶先去，接着是亲属们，接着是留下来的人们中间比较顶勇敢的，接着是真正好探听闲事的人们，最后是青年们和勇敢的妇人们。所以，当客人茶快用完的时候，这茅屋里就挤满了这许多人，几乎挤到了透不过气来。每个人都依照他（或她）的年龄和社会地位走进来。德高望重的老头子公开地走进来，非常庄重而严谨的，他们一点儿也不惊慌，向女主人和客人们挥挥手，默默地坐在他们身旁。亲属们是结成一群沿着一边走进来，手里拿着帽子，故意眨着眼睛，好像在说："我们在这里是像家人一样。"但他们只向女主人摇摇手儿，然后就在老头子后面，更贴近客人们的地方坐下来，向客人说几句称心的话。其他的，与其说走进来，不如说推来撞去地挤进门来，既不向女人也不向客人们说句客气话，打算尽可能找个小地方，无论找到房间里的什么地方就静静地坐下，摸摸胡髭，用手遮着咳嗽，好像教授们在某种学术团体的会议里逢到一般。青年们和勇敢的妇人们跷着脚趾走进来，露着忧愁的面容立在门路里，以他们的牙床贴在手指之间，向茅屋里偷窥。

不管这茅屋是显得多么细小又不舒服，但它容纳了所有的客人们，而且事实上，也还有一点儿空隙。照例最初大家都是沉默的。他们仔细看过了菲立泼·斯蒂芬诺佛奇，于是开始互相眨眨眼睛，顿顿头，用他们的补缀的手肘互相顿触着，一直到他们终于将其中一个戴钢边眼镜的、露着一副学者气概的老头子推到前面。他们叫他去谈话，可见他是本地有名的辩才。

"说下去，说下去，伊凡·亚托诺佛奇。"可以听到各方面都是这样低语着。"和同志们谈谈一般的事情吧。""譬如说，谈谈测量师。"有人这样说。

这德高望重的老头子摆动着好像要慢慢退回来似的，但其实是慢慢地走向前面去，整好他的眼镜，咳嗽着，胆怯怯地四面看看，非常用力地在棉布手帕上哼着鼻子，然后在他的眼镜上竖起了眉毛，挥着手，开始用一种令人不能相信的孩子口音和菲立泼·斯蒂芬诺佛奇说起话来：

"你会原谅我们这些愚笨的人的，因为你是受过高等教育的。在那《普罗列塔利亚特》新闻纸里，有一条关于法兰西的新闻……好像是说……人如何能够懂得呢？……战事已经预备好吗？……"

"当然！"菲立泼·斯蒂芬诺佛奇截断了他的话，觉得自己成了大众的注意和尊敬的中心，"我们要打他们！"

他显着一副高贵的神气，看看四面丛集着的光秃秃的人头、胡髭、农民们的外套和短衫。

"正是如此，"这老头子迅速地又有点儿迷惑地说，向听众眨眨眼睛，"看一看镇上所准备的那种军火吧。只要等着，我们要拿他的背脊贴在墙上。我们全然不是呆子，我们知道的。譬如说，磨坊师父有什么权利可以违反 Sovit 治下的工人们和农民们的政权，每磨四十磅面粉要拿去六磅呢？"

"他并没有道德上的权利的，"菲立泼·斯蒂芬诺佛奇严肃地说，"当然没有的！"

"所以……"

"唉，伊凡·亚托诺佛奇。"传来了一种讥诮的声音。

这老头子变得十分迷乱，在他的眼镜后面眨着眼睛，哼哼鼻子，又摇摇头。接着他挑战似的挥着手帕，开始用许多问题来开火，每一个新的问题都比那刚说过的一个更为复杂。他不容易一败涂地的。菲立泼·斯蒂芬诺佛奇很愿意这样。他正喜欢拿他的卓越的才能来惊到别人，使他们不知所措。这老头子会拿问题来追逼……可从菲立泼·斯蒂芬诺佛奇口中传来了回答。所以他挡开了，还时常胜利地逼击着，完全丧失了一切是与非的观念，只说着一大串谎话而已。农夫们都感到非常愉快，离开了他们的原位，尽向这喋喋不休的会计挤拢去（**他以最高的速度谈论着**）。他们都高声赞赏他，喷吐着烟草的烟雾，而且催促着：

"到他的身边去；同志们，那真不错，接下去吧。"

菲立泼·斯蒂芬诺佛奇立即打倒了这老头子，于是这一丛人再推了另外一个人。但菲立泼·斯蒂芬诺佛奇所向无敌。他的鼻子闪耀着，他的夹鼻眼镜时常从鼻子上落下来。烟草的烟雾从他的胡髭里喷出来，他的眼睛野蛮地转动着。他完全是讲一些乱七八糟的话。

"够了，菲立泼·斯蒂芬诺佛奇。"年轻的伊凡绝望地低声说，小心地扯扯会计的衣袖……"他们好像已经什么都知道了。现在你说够了。假使你还要说下去，你会说出什么关系来……"

但是这是不能够使菲立泼·斯蒂芬诺佛奇停止说话的。他是立在高贵的地位，摇摆着，无纪律地又汗淋淋地，骄傲地微笑着，明显地又挑战似的只说着一些废话。

"……对不起……对不起……我请求你……樱桃白兰地……我有荣誉的……我和我的会计员，年轻的伊凡，他坐在这里……年轻的伊凡怎样……还有老塞贝金……在国家银行有一万二千（卢布）的活期存款……而且他和我说，我们要拿钱出来赌……我告诉他：呆子，那是那样！……是这样吧？……我说，在没有一点儿东西好赌的时候，你怎样赌呢？我说……会计员，没有说错吧？……还有磨坊师父，叫他见魔鬼的母亲去……到水里去。我要替你们每个人买一具磨。你们要不要磨的？我们明天要去……就在这时候。会计员，每个人依照情形给他钱，使他够买，……如此如此。"

在这场合，他结束了这第二个辩才，于是在亲属们之间，有一个快活的可已经醉醺醺的人，走到桌子前面来，用各种可能的方法暗示他，逢到了这样一个机会，喝酒是必需的。一架手风琴在门路里奏弹着。亚里昂虚喀和老太太低声谈着什么话；年轻的伊凡从口袋里拿出了一点儿钱，于是在十分钟之内，几个塞着纸塞子的黄瓶子出现在窗架子上。

这农妇的脸上露出了红斑，她突然清楚年轻的伊凡为什么回家的，为什么他会有钱的，和菲立泼·斯蒂芬诺佛奇是个什么人。她是一直到现在都很快活的。她心里曾经想到，她的儿子会住在家里，他会参加葛露雪的结婚典礼，而且或许他还会安静地住在乡村里，找点儿工作来经营家庭。假使家里有了一个男人，这毕竟是完全不同了。但是现在她知道这是完全错误的，是一种这般的罪恶，还是不去正视人们为妙。一直到现在，她衷心地希望客人们快点儿散去，那么她可以单独和她儿子在一块儿，看他睡去，梳梳他的头发，谈话，询问他的消息，但是现在是不相干了。让他们大家留在这里，假使他们喜欢，到天明也可以的。

露着一脸让步的痛苦的微笑，她从桌旁站起身，去料理她家（长）的事务。拿来了一块面包、一点儿腌香菌、四只酒杯、一个叉和一些盐，将东西放在桌上之后，她低低地弯下了身体。

于是欢娱开始了。

年轻的伊凡好几次从烟雾迷漫的茅屋里偷偷地溜到寒冷的墙门间里。他打开门儿，绝望地站着，倾听着。正是融化冰雪的节气，雪在路上融化着，在屋顶上融化了之后还滴下来。在黑暗中，雨水参差地打在欧洲种的苹果树（*rowans*）上。他听到远方有歌声合着手风琴的曲调歌唱着。这或许是青年人从某个集会里回家去吧，但是年轻的伊凡好像觉得是这些笨拙的醉酒欢娱的人们逃出了这烟雾迷漫的茅屋，合着手风琴的曲调唱着忧郁的歌，从天井到天井，在欧洲种的苹果树下，沿着潮湿的街道，走到乡村的另一端。年轻的伊凡将头伸在风中，可是风并不能够平静他内心深处磨难着的野蛮的痛苦。现在怎么办呢？随后怎样呢？一切事情都不可能的——没有地方好去，没有地方好漂流；假使你走开了，那么上哪里去，为什么走开，为了什么目的？于是，年轻的伊凡在这个时期里，突然第一次单纯地又明白地看到他已经毁坏了自己，已经没有出路了。他是这样痛苦，他要上吊自尽了。他回到房子里，微笑地喝着臭味的家酿酒，唱着歌，亲吻着人们；接着又走到墙门间里去，在风中倾听黑夜的醉醺醺的低语，在他眼前闪过了金黄的细点。贺典拖延着——已经挨过了午夜。亚里昂虚喀跑了好几次出去，蹒跚地拿着空瓶出去，而回来都装满了酒精。地方 Sovit 的主席因为一趟检阅回来得很迟，听到了那发生的事情，特地上克留克文的茅屋来看一看来这里的客人们。高大、快乐又年轻，穿着一件开领的运动衬衫，他一走进门就鞠躬，一眼看尽了这会集。

"我可以介绍自己么？我是地方 Sovit 的主席，赛沙诺夫。"他向菲立泼·斯蒂芬诺佛奇说，过分热情地握握手。

他招呼年轻的伊凡也是这样子的，然后向别人点点头，他的秀丽的头发披下到额上，接着坐在那张替他放在主妇近旁的椅子上，伸出他那穿着华美的鞋子的脚，快活地微笑着。他的腮颊露出一对有如一个黄花闺女似的笑靥，他的蓝眼睛闪耀着。

可是他停留得并不久。他倾听着菲立泼·斯蒂芬诺佛奇的谎话，问了几个问题，有一两次同意他的意见，为了不使这会集扫兴，还喝了一杯家酿酒，和此刻还坐在她的手织机前的葛露雪开玩笑，然后告别了，说他睡眠不足，一方面又说明希望这会集会快活地照样下去，继续着他们的欢宴。事实上，他显得是一个快乐的好家伙。但尼罗到午夜才回来，浑身给雨水淋透。就是这个人，葛露雪的爱人，他们曾在喀林诺夫从他手里买过了母牛。听完这里所发生的事情之后，他仍旧像进门时的样子去坐在那里，穿着外套也戴着帽子，坐在角落里不动，惊讶地张着嘴，一直到每一个人都忘记了他。

客人们过了午夜才回家去。一种沉重的，充满了酒味的氛围气悬挂在这茅屋里。这农妇在做着十字的记号时伸起呵欠来，用她的拂尘疲乏地拂着烟雾迷漫的空气。葛露雪将杯碟收拾清楚，然后安排床铺。亚里昂虚喀已经和一个样子怪难看的姑娘讲好了，然后向他的马迅速一瞥之后，和她上乡村的另一端睡觉去了。菲立泼·斯蒂芬诺佛奇躺在一张长凳上，他的手垂到了地板上。他呻吟着，好像很困难似的抬起了下颊。

年轻的伊凡在黑暗中撞在各种东西的边端上,摸索着走到门口去,然后再移着蹒跚的脚步,从那里走到草棚里去,那里蒸散着湿粪,家畜和家禽的非常熟悉的温暖的气味。他摸摸塌车,然后再爬到这上面去,从车杠上悬着几根缰绳。他试试缰绳的力量,打好了一个活结,然后像梦中似的、不稳定地跷着脚趾,将他的脑袋放进活结里去。塌车咯咯地响起来。木板落在他的僵硬的脚下。一只惊慌的母鸡像一株花椰菜似的从巢里落下来,开始在黑暗里拍着翅膀,掀起一阵干燥又窒闷的灰尘。于是接二连三地落下来,一直到所有的角落里都可以听到兴奋的家禽的声音;羽翼在空中飞翔着。他的母亲意识到发生了某种糟糕的事情,正在这时候冲进草棚里,将半死的年轻的伊凡从活结上放下。他壅闭着气息号叫着。

差不多爬一般的,她将他拖回房间里,放在那张安排在地板上,贴近菲立泼·斯蒂芬诺佛奇的床上。她将杓卣递给他,但他不想喝。她用粗糙的手掌抚摩他湿漉漉散乱的头发,始终这般说着:

"多可耻的一件事,唉,多可耻的一件事……"眼泪流下她的庞大的面孔。

"你不懂事的,母亲。"年轻的伊凡终于说,然后旋转他的背脊,开始徐徐地呼吸着……

"我什么都知道,年轻的伊凡,唉,我知道的,……多可耻的一件事!……勇敢点儿,年轻的伊凡……担当这可耻的事情吧。上帝是担当的,所以吩咐我们也和他一样。"

"我是不幸的,母亲……我将要坐牢了。"年轻的伊凡闷声地喃喃说,接着他沉默了。

在夜间，传来了一阵叩门声，而且可以看见亚里昂虚喀苍白的面孔露在窗外的黑暗里。他火速跑进房间里，顿顿他的毡靴，蹒跚着。

"主妇，过来。喊醒这两位旅行的客人吧。我们必须走了。运气真坏。我可以对天立誓，我们的乡 Sovit 主席已经上地方机关里去叫警察。他想逮捕他们。他说他怀疑……喊他们醒来吧，喊他们醒来吧。我已经将马配好马具了。快点儿，外面是在融解冰雪。我希望路上没有融解，否则我们乘雪橇或许走不了。在这一切烦恼的事情之中，我们将会黏在某地方的田野中。"

菲立泼·斯蒂芬诺佛奇和年轻的伊凡醒过来，立即跳了起来。

"逮捕谁！……没有这回事的?"菲立泼·斯蒂芬诺佛奇傲然地叫着，但同时他又软弱下去，匆忙地滚进雪橇里，蜷伏在座位上。他喃喃地说：

"乡村的主席！乡村的主席见鬼去。他是谁呀? 请告诉我。……省区——绝对的黑暗……我或许就是基多伯爵，和我自己的会计员……这清楚么……"

"再会，母亲。"年轻的伊凡说，他的牙齿在寒冷的夜风里急响着。当他走到天井里，爬进雪橇去的时候，寒冷的夜风包围他。

这一对同事将覆布覆在他们脚上，于是雪橇出发了。母亲跑在他们后面，她的脚溅起水滴。她不断地想去拥抱她的儿子，但狂风将她的头发吹到了脸上，于是在黑暗中看不到东西了。一只雄鸡在乡村里啼。

"年轻的伊凡，你至少要写一封信来。"她含泪叫着，"写一封信来吧。祝你一路平安。"风将她的声音带到了一边去；她依旧站着，雪橇已经消失在黑暗里，在无遮蔽的地上轧轧响着，它走下了小山。

"向左转，"亚里昂虚喀愤怒地喊着，拉拉缰绳，"主席赶不到我们了……唉……或许吧。"

在昏黑之中，辨路很困难，他们赶入一座可怕的树林里去，当他们出现在松树和烧焦的树木的残干后面时，天色已经亮起来了。天破晓了。人感到更加寒冷，路边变成更加难走。冰冻在马蹄下坼裂和破碎。小学生携着篷布书包，横过积雪的田野，到乡村里去。

"伯父们，早安。"当孩子们看到雪橇的时候，他们都用高音叫道，还挥挥他们的手。"伯……伯……伯……"他们的叫声在远方的树林中朦胧地回响过来。从旁边，从树林后面浮现出来，可以看见一条河，可以听到磨坊的声音。这一对同事在寒冷的早餐的空气里紧紧地挤在一块了。

"你为什么这样做的，菲立泼·斯蒂芬诺佛奇?"年轻的伊凡突然静静地说，困难地启开了他的冻僵的牙床，"我们不应该这样做的，菲立泼·斯蒂芬诺佛奇。"

说完这句话之后，他退让地委颓着，要想整顿他（的精神）来克服他的寒战；然后在这到市镇去的旅路上，一路再不说一句别的话。

十一

近黄昏，他们到了喀林诺夫，这旅行消磨了一整天。雪融解在道路上，天在下雨。雪橇的两边不断地陷入这样的洞穴和车辙里去，好像他们的末日什么时候都可以到来的。但它们终于爬出来了。他们用完了他们的一切纸烟和火柴，他们再不能够获得什么了。他们曾经几次转到乡下铺子里去，但是那里所能买到的，只有绳索和提桶。他们花了两个钟头等渡船，提高了喉咙向河的对岸叫去，但结果，他们再等不下去，涉水走过去了。蔚蓝的河水浸到他们的膝踝，细小的冰块围在四周。当他们到了市镇的五克罗米特之内的时候，马停住在一座木头的拱桥中央，固执地站在那里，它的颤抖的腿儿张得很开的粘在桥上，喷着水蒸气，已经既不能够诱它从这地点前进或后退了。他们鞭挞它，恐吓它——但一切都无用。他们走出雪橇。马这般地站着，不下一个钟头，然后透过气来，又自动地向前走去了。离喀林诺夫镇只剩了一个半克罗米特的时候，他们得傍着雪橇走着，横过那一块绝对没有磋商余地的雪泥，然后，当马也经过了雪泥之后，他们又坐上去。那不远的树林已经在曙光里变成模糊的形状，有如一朵雨云。一盏青色的灯笼闪耀在铁路上面。

喀林诺夫镇是迥异从前了。它先前的惨淡到哪里去了呢？沙龙（Saloons）和酒馆的窗上，灯火辉煌着，一群群的人们站在沙龙和酒馆附近，覆在火车站上的雨天，被红色的烟雾照耀着。四根电杆木映照着"死去了的德杜虚金方场"。可以听到四处的手风琴的声音和木制三角琴（Balalaikas）的乱奏声，烂醉得有如猫头鹰似的喀林诺夫的居民漫行在街道上和边街上。每一个方向都可以听到粗野的歌曲、群众的奇特的喃喃声和喧哗声。在那距离顶远的电杆木下，一场争斗正在进行，旁观的人们挤满了半方场，甚至雨水也蒸散着酒味。只有警察算是一个唯一清醒的人，吓得要死，像一只猫儿似的沿着墙旁匍匐着，打算不向任何醉鬼走去，也不使自己引起注意。

"向右转，"亚里昂虚喀快活地叫道，赶近沙龙了，"向右转！这是真正的喀林诺夫，好的老旧的喀林诺夫！唉，在他们还没有吃完四十度强的酒精之前，让我们去尝一尝滋味吧。我们来得正好。我恭贺你们平安地到了！"

菲立泼·斯蒂芬诺佛奇嗅嗅空气，定下心来。

"不错。我们必须考察一下。"他喧哗地说，一面跨出了雪橇，"哎，年轻的伊凡，你有什么不适意？一切事情都不管，我们还是来喝四十度强的伏特加吧，请信任我。樱桃白兰地……Chateau Yquem……一点儿青鱼和黄瓜……真的有什么事？生命是奇怪的。总计一万二千卢布……一个芬兰的别墅……Gredit Lyonnais……酒……女人……说不尽的快乐……会计员，跟我来！"

"我们还是不要停吧，"年轻的伊凡用一种破哑的声音叫道，"有什么益处呢？我们还是不要停吧。"

然而他们又留在此地了。在亚里昂虚喀的指导之下，他们又在喀林诺夫镇喝了两天伏特加，直到他们变得浮夸又十分野蛮。当他们清醒过来的时候，正是白天，他们又发觉自己是旅行在火车里了。发生了这样的事情，他们心中毫没有惊讶；反而这样感到，好像倘使他们不上别的地方去旅行，这反而是奇怪的事情。

"菲立泼·斯蒂芬诺佛奇，我们在旅行呢。"年轻的伊凡漠然地说，当他在一部不舒服的车子的上铺位上翻过身来的时候。

"我们是在旅行，"菲立泼·斯蒂芬诺佛奇在下面说，摸摸他的口袋，取出了一个"Chie"纸烟的压坏的烟盒子。他看遍这盒子，念着，古斯克烟草公司出品，"仙女"牌（*一种不知名的牌子*），再嗅嗅它，说着"Um"，然后拿出一支纸烟点上。一半光景的烟草，立即从纸里落到他的舌头上，纸皱了，暗了火，还卷缩拢来；一缕含有一种燃烧着的羊毛的气味的青烟，喧喧地从纸烟上发散。

一个在对面座位上的头上裹着一块苏格兰方格布的人（*Figure*）动作起来，用一种非常和谐的声音说道：

"我请你不要抽烟吧。嘿！这是一个没有人抽烟的车厢。"

"嗯，我永不！"气愤愤的菲立泼·斯蒂芬诺佛奇心中这般想。但他终于将纸烟撤在座位上，怀着憎恶的心走到外面盥洗室里，将那种难受的味儿吐出口外，还喝了一点儿水。当他站在那里，想将他不稳定的两腿弄得和火车震动平衡的时候，他从洗脸盆里喝了热水，还晒晒太阳，于是喀林诺夫镇上的欢宴的各种琐事，一一闪过他的脑海。他好像记得有一个时候，火把映闪着的救火队，叮叮当当地飞驰过去了，还有一个好像巡官似的人，背朝着马儿，立在救火队前面的车子里，被一个地方巡官似的人（*不是德杜虚金，而是德杜虚金的继承者*）支撑着，于是他叫道："火已经开始烧起来了。人民，快活点儿！我宣布一个一般的放假日。"……或许这事情并没有发生过……在某个饭店里（*那自然是出现在喀林诺夫镇上*）那此刻已经十分熟悉的穿着长裤的犹太人，显然是特约而来的，在台上扮演他们的乌克兰的民族舞……接着，他们在一幅帘幕后面，傍着一个肥胖的妇人，死一般的睡着了，于是到了早晨，从腌黄瓜瓶里呷着酒，目的是想赶走他们可怕的头痛。两个姑娘跟着一个肥胖的妇人走了；一只毛茸茸的狗，跟她们到天井里去，咬住了亚里昂虚喀的腿。他们在房间里喝着四十度强的伏特加，听听留声机，那画着浓浓的假眉毛的姑娘们，嗤嗤地笑着，又在他们的下颏捻着……然后，好像是，他们在沙龙里买了一箱伏特加和价值七十五卢布的龙虾，在方场中央慷慨地递给每一个要的人。群众蜂拥拢来，人们争吵着，叫喊着，用龙虾互相打在别人的面上。此后他们就雇了所有可用的车子，吩咐他们赶着空车绕着"死了的德杜虚金方场"走去，其实他们自己唱着民歌——整个的喀林诺夫镇好像都丛集着来看这奇观。他们在铁路餐室里喝着 Cognac 酒，和别人吵架，付了罚金了事。一个大清早，他们就看到红头发的农民但尼罗，他又带着母牛上方场里来。他们不胜惊讶。但尼罗深深地弯下身去，说："在这冬天，人如何养得起母牛呢？所以我被吩咐来卖母牛，而且必须将它卖去的。"雨水打湿了但尼罗，又打湿了母牛。一群群的乌鸦飞翔在雾蒙蒙的空气里。接着亚里昂虚喀从什么地方跑过来，说那地方 Sovit 主席赛沙诺夫已经和一个更有权威的人到镇上来，所以他们必须快点儿走，但是走到哪里去他却没有说。大约他已经买了车票，将他们安置在火车里面……

"嘿，胡闹！可是，上哪里去呢？"

当菲立泼·斯蒂芬诺佛奇回到他的座位上时，他的 Via-à-via 已经解去了方格布，穿着羊毛内衣坐在座位上，赤裸裸的两脚穿着皮夹里的拖鞋，用白兰地擦着他的项颈。菲立泼·斯蒂芬诺佛奇坐在窗旁，开始向他斜瞥过去。这 Via-à-via 是一个容貌和蔼的男人，很强壮，甚至有点儿胖，头上已经有点光秃秃，生着一脸秀丽的胡髭，其中已经露着几根苍白的胡髭了。他的胡髭是属于这一类，在战争以前，往往是当心地弄得芬芳触鼻的，梳拂着分成两边，围住了他的绯红的嘴唇。他的眼睛下面有点微肿，他的肥胖的手指的 Outside Cushions 上长着眼毛似的长毛。他擦好了白兰地之后，披上一件清洁的衬衫，穿上他的短袜，然后从他坐着的橡皮气垫下面取出几件穿着的东西，开始闲情地打扮起来。他先将两只腿伸进那精制的又熨烫得干干净净的裤子，系好带儿，直挺挺地站起来，突出肚皮，摇摆了好几回，看看他的裤子是否穿得适当；接着他仔细地打好一个孔雀般的干净的领结；最后他再穿上一件新短衫，去和裤子相配，有一块白手巾塞在他胸前的口袋里。但他没有穿靴——大概因为脚上的鸡眼痛，所以不需要去紧捆他的脚——而仍旧穿着拖鞋。装扮完毕之后，他放出了坐垫里的空气，精致地折好他的床铺，放在有一个蓝点的篷布袋里，接着——清查他的行李；一切东西都显得有秩序……一切东西都装在那角上有姓名的蓝色的首字的灰白的套子里——两只袋、一口扁平的箱柜、一只伙食篮、一个圆的帽箱和一个梳妆匣。

"的确,"菲立泼·斯蒂芬诺佛奇怀着一种忌妒的感情沉思着,"的确,一个伊壁鸠鲁信徒(*Epicure*)。"与此同时他将长着污黑的指甲的手藏到后面去。这时候,这伊壁鸠鲁的信徒吃着两个煮蛋,一杯可可茶。这杯子,也和其他东西一样,装在一个有蓝色的姓名的首字的灰白的套子里。用毕了餐食,但唇上还留着蛋屑的时候,他就将一切东西都收拾清楚。然后,先用手帕拭拭他的嘴唇,才开始套上一对双眼显微镜凝视着窗外。但看到的景色是惨淡而丑恶的,火车在这景色里移动着。接着这伊壁鸠鲁的信徒又将双眼显微镜挂在钩上,另外在他直挺挺的鼻梁上架上一副装着一根金丝弹簧的夹鼻眼镜,从袋里取出一本书和一本皮面装订的札记簿,然后开始读起书来,一面用一支美丽的自动铅笔在札记簿上做札记。菲立泼·斯蒂芬诺佛奇巧妙地偷瞥了一眼书封面,念着"刑法"。"哎,哎。"他自语着,一种不舒服的寒凉使他颤抖。

这 Via-à-via 念着又做着札记,至少有半小时光景,后来他终于将书和札记簿都放在旅行袋里,捆一下扣住,伸伸他的胸脯和臂膊,说着"哎……",然后用一种愉快的、和蔼的声音向菲立泼·斯蒂芬诺佛奇说起话来:

"你知道的,你是昨天黄昏在一种妙不可言的情形之下被带进这车子里来的。我可以肯定你已经记不起来吧,哎?你和你的朋友上哪里去来的,哎?原谅我,我是没有礼节的。容许我自己来介绍……工程师萧尔忒·尼科拉·尼科拉未奇。"

"和你相逢使我非常快活,"菲立泼·斯蒂芬诺佛奇说,打算装出一种威严的表情，但是这威严的表情并没有成事实，"我是财政机关里服务的菲立泼·斯蒂芬诺佛奇·泼洛霍洛夫，这位是我的会计员，克留克文同志，年轻的伊凡。"

"你们去的地方远吗？"

菲立泼·斯蒂芬诺佛奇茫然地挥挥他的手。工程师萧尔忒谦恭地鞠躬，好像显得他并没有心思探听底细，他之所以发问题，只不过想将时间过得愉快一点儿而已。

"我可以问么，你的旅行为了私事，还是为公事？"

"为公事，从莫斯科来的。"菲立泼·斯蒂芬诺佛奇说，摸摸他的胡髭，又瞥视着年轻的伊凡，"我和我的会计员，我们都为公事来的。你知道，我们视察了各处。你自己可以想象出来的，省区是一片黑暗世界。现在，关于古迹我且不说——但是其他的，真是糟极了。在旅馆里到处都是虱子，无论你上哪里去，到处都是同样的乌克兰人的跳舞班。这是真的，在佛拉德米尔俱乐部里是有棕榈的，但都是假；到处都有某种的拐子，各种各样跟着你不肯走开的代表们。(赌纸牌的时候)，我拿六给他看，他呢——七；我拿七出来，他呢——八；我有了八，他呢——九。一句话，是一个真正的赌棍！"

菲立泼·斯蒂芬诺佛奇将头倚在一边，好像听听自己的谈话也感到愉快似的。这真使他感到了非常的愉快，于是他就继续下去：

"在省区里是更糟了。车夫说不清楚五十个哥贝克和二十五个哥贝克……在方场上有某种母牛出卖；我们买了一头。还有，你无论上哪里去，什么东西都叫作'死去了的德杜虚金'。你走一路，就会为了某种琐碎的事情得到惩罚。渡船没有摆渡，所以你得自己涉水走过去。我可以告诉你，乡村里是一片绝对的空虚。地方 Sovit 的主席超过了一切无耻的界限。假使你相信我的话，我可以告诉你，有一个地方，他们甚至想来逮捕我们，但是我说，'没有这回事的！这算什么意思呢'。人如何能够企图来视察这一切呢？我的脑袋要炸裂了。"

工程师同情地顿顿他的胡髭。

"不，我不管你如何说法，但从前是没有那样的事情发生的。"菲立泼·斯蒂芬诺佛奇继续说，"我们从前和老塞贝金从 Lvof 的酒排间到斯忒来顿斯基门去；那么你可以得到咸鱼和一樽伏特加，而且非常恭敬地款待你……"不！还沉醉在那一天的争论里的菲立泼·斯蒂芬诺佛奇，此刻滔滔不绝地谈着他的得意之事，于是这工程师什么事情都知道了。

"我可以问么，"工程师说，同情地倾听着菲立泼·斯蒂芬诺佛奇，"你有很大的款子可以随你自己花的么？一句话，我要说，你们有很多的视察费吗？"

"嗯，"菲立泼·斯蒂芬诺佛奇傲然地从他的鼻子里哼出来，"不很多，不过一万二千卢布。"然后用斜睨的眼睛望着工程师，好像在问他，"那是怎样地使你中意，你感到惊骇么？"

"啊！"工程师说，兴奋地掀着嘴唇说这"啊"字，于是闭上了眼睛了，"啊，那是一笔很大的款子——你可以说，是非常动人的。"

"我想是这样吧。"菲立泼·斯蒂芬诺佛奇漠然地说，装着威严的表情。

"有了这样一笔款子，可以视察半个地球了。"

"Um……是的……那是说……Um……是的，……那是可能的……而你……也是为了公事么？"

"为了公事，亲爱的先生，为了公事，"工程师叹息着，"正是为了公事。"

"你也是去视察么？"

"是的，我也是去视察的，或者说得更确切点，我是已经视察好了。我已经将一切可能的物事都视察过，而现在是回家去。"

"大笔的款子，原谅我这样说，你也有大笔的款子可以随你花费么？"

"Um——我自己的卢布大约有一百五十个，供给我的大约有一千五个。有了一个一定的经济的数目，又会用心，你可以非常有兴趣地旅行着了，而且有了这样一笔款子，你可以什么事情都满足了。大约旅行了两个半月或三个月光景。啊，我几时动身的？假使我不记错，我是八月二号动身的。是的，意思就是说，我已经视察了四个月。当然，我并没旅行到极域去，但是为什么有时不拿一瓶外国酒来喝的呢？我们视察的人是必须留意到我们的经济情形的。"

说完了这几句话之后，工程师莫名其妙地向菲立泼·斯蒂芬诺佛奇眨眨眼睛。

"你以为这样么？"菲立泼·斯蒂芬诺佛奇从鼻子里哼着，显得非常威严。

"当然。经济是最重要的。"工程师肯定地说，经济的"济"字说得语势特别重，"当然。我可以担保你，假使没有经济，视察只能采取顶丑恶的方式，一点儿也感觉不到兴趣的。"

工程师装出了一种姿势，以一个戴着两个戒指的手指抓抓他鼻子的底部，然后又向菲立泼·斯蒂芬诺佛奇说：

"克里米亚——你有到那里去视察过么？"

"没有。"

"那是错过了。克里米亚的葡萄季真是非凡奇特的。海呀！女人呀！我可以对你向天立誓。我生平从来不曾看到这样的女人！你有去访问过高加索吗？"

菲立泼·斯蒂芬诺佛奇忧伤地摇摇头儿。

"我的亲爱的先生，"工程师不是叫喊，而几乎是从他的万分心感的惊异之中抽出来的歌唱了——"我亲爱的。你们没有到过高加索！我真不能够相信自己的耳朵了！这是闻所未闻的！你们有这许多钱，而不去视察高加索！但是，在那样的情形之下，那么你们是什么东西也没有看到过了，假使你们没有看到过高加索——这是一千零一夜的故事——一个 Scheherazade 的童话——一首诗！单是高加索的军营路就值得，我不知道怎么说……这是不能够想象的……花二十个卢布，他们就会将你驾在一部汽车里，在天与地之间驶行着，四围都是山坡、巉岩、Shashlik、高加索的姑娘们、装在大瓮里的 Kakhetia 的酒——一句话，一种感觉的沁芳南（Symphony）！还有，人们常去的矿泉场——克斯洛华兹克、琪里诺华兹克、伊赛托克！怎样的社会呀！怎样的女人呀！我向你宣誓，我从来没有看到过这样的女人！这是真的，生活是颇奢侈的——譬如说，我的预算表达到七八个卢布一天——但这是怎样一种生活呀！的确，菲立泼·斯蒂芬诺佛奇，我是为你惊异！你有了这许多钱，而没有到高加索！立即上那里去吧，立即去吧，我亲爱的！在那里会变成一个王子。那里的女人们会将你当作她们的掌上珠看待！"

"的确，现在是没有法子停止这工程师的谈话了。"菲立泼·斯蒂芬诺佛奇颇愤怒地沉思着，于是他决定要向他袭击一下才好。

"假使你能够原谅我，那么告诉我，我所看到你带在身边的那小书是种什么书？我想大约是淑雪兼珂的一个有趣的小说吧？"

"怎样的一种淑雪兼珂呢？"工程师幽默地回答他，挥挥他胖胖的手，"当我回到我的服务的地方去时，对于淑雪兼珂我还能够感到什么趣味呢？亲爱的先生，这是《刑法》。没有这书，一个人就会像没有手似的无助。我十分负责向你推荐，你也去弄一本这书吧。"

"为什么呢？"

"你为什么说'为什么'呢？倘使你的事业连累你发生一件讼案的时候，那时候怎么办呢？你要去买它一本来，但已经太迟了。无论怎样你必须具有法律的策略的见解的。我亲爱的，顶要紧的事情是去激起最后的一句话。充分的效果是在最后的一句话里，其他一切事情都像一个神话而已，我担保你。"

说到这里，工程师拿出他挂有摇荡的图章的表，思索着，后来他终于说：

"这是三点差一刻了。我们迟了十八分钟。现在哪样安排呢？我们在一点半钟之内就要到喀尔珂夫了。我有力地忠告你，菲立泼·斯蒂芬诺佛奇，马上到高加索去吧。到了喀尔珂夫，正好买那到矿泉车站的直达车票。自然，我要向你推荐 Wagon-lit 的。有了你这许多钱，这一点花费真算不了什么，可是啊，那是多么舒服。完全是一种欧罗巴式的旅行——桃花心木的用具、给你个人的更衣室、镜子、周到的服侍、理想的床布、凉爽的被单、附设的酒馆——真是一种感觉的沁芳南。"

"真是一个好意见。"菲立泼·斯蒂芬诺佛奇叫道。于是一个新的目的出现在他面前，占领了他的想象。

"自然！假使我处在你的地位，我将独雇一部 Wagon-lit 旅行一生了。但是，啊哟，你必须修短了你的外套，和你的衣服相配才行。虽然，对于有一定的数目的用度的人，就是在粗蛮的车子里，也能够使自己获得相当程度的舒服。但是对于你，菲立泼·斯蒂芬诺佛奇——原谅我的率直吧——坐在三等的车厢里旅行，只是可耻罢了。所以，我亲爱的，上高加索去吧，上高加索去吧！你在旅行，而你从车厢的窗玻璃板里可以看到一幅奇怪的全景，一个图画展览会。先是草原、牛、土人，连山的朦胧的轮廓……再驶下去，是藓苔和干枯的灌木，接着是长满草木的青青的山谷，那里有鸟在歌唱，鹿在跳跃，而你可以看到高高地在山上的人们和移动在牧场上的绵羊。真是一幅奇景呀！拜伦化的！"

工程师又兴奋地闭上眼睛，弹起他的手指。而菲立泼·斯蒂芬诺佛奇变得非常兴奋了。他焦急到再也不能坐在一个位置上，但愿快点儿到喀尔珂夫，立即去乘一部 Wagon-lit，飞驶到高加索去。只要到高加索去，别的地方不想。真奇怪，这个意见为什么不早点儿闯到他的头脑里？他们漫游了鬼知道的地方，可不曾想到高加索。真是一种讨厌的事情！但现在已经将它结束了！以前所发生的一切事情已经消抹了。那是那样的。过去的事情不是真正的事情——只不过胡闹，可笑，一片空虚而已。那真正的事情到现在方才开始。一幅想象中的高加索闪电似的迅速的图画，出现又消灭在菲立泼·斯蒂芬诺佛奇想象里，积雪的山顶、巉岩、朦胧的瀑布、特别美丽的女人们、挂在紧紧地系着纽布的腰边的银刃首，基多伯爵骑在一匹暴怒的骏马上，帽子斜戴在他头上的一边，沿着绝壁的边上跑去。

当火车驶近喀尔珂夫去的时候，菲立泼·斯蒂芬诺佛奇立即唤醒了年轻的伊凡。

"起来，年轻的伊凡，起来。我们要立即坐着一部 Wagon-lit 上高加索去。是那样的，矿泉车站。所以这时候，我们必须买好车票，用点儿东西。"……"在中午的暖热里，在 Dagestan 的山谷里。"菲立泼·斯蒂芬诺佛奇用一种焦躁到颤抖的声音歌唱着，还拉拉年轻的伊凡的腿。

"我们要上……高加索去……"年轻的伊凡机械地说，顺从地从上铺位上爬下来，臂上挟着他的匣子。

"一趟幸福的旅行。"工程师说，挥挥手，"幸福的人，我真忌妒你们。"

"在我这是萎谢的辰光，而你们是开花的时候。唉唉！"他驾好夹鼻眼镜，又去研究他的小书去了。

这一对同事走下火车，奔向火车站的头等餐室。

"这是什么车站？"年轻的伊凡疲乏地问。

"喀尔珂夫车站，年轻的伊凡，喀尔珂夫车站，一直上矿泉车站去的。同志，高加索真是有点儿奇怪的。你从来没有到过高加索，我也没有到过，但据他们说，这是一个头等的 Watering-place——看到了你真会瞠目结舌。Wagon-lit，玻璃板，理想的亚麻布设有酒馆的车子。会计员同志，我们干过了一点儿什么呢？……说不尽的快乐……欧罗巴式的旅行……樱桃白兰地……我说得对么……我们必须喝点儿伏特加来庆祝这一个机会……我们必须取一下暖。"

他们走近一个装饰着吊灯架和棕榈的奢华的柜台，各人拿了一大杯伏特加，接着拿了一片夹肉面包，还又喝了一杯伏特加。然后菲立泼·

斯蒂芬诺佛奇差年轻的伊凡去买 Wagon-lit 的车票，而他自己露着一副高贵的神气，开始在餐室里踱起来，看看四面的房子，可以听到瓷器的当当、杯子的叮叮和夸大的沉浊声，似乎使人预期一种从来没有感到过的快乐的分量，一种感觉的沁芳南。

年轻的伊凡睡眼蒙眬地拖着脚走开，但不久又同样地走回去了。

"钱不够。"他用一种困倦的声音说道，他的手指梦一般的拖过了他的匣子的蝶铰板边上。

"怎么会不够呢?"菲立泼·斯蒂芬诺佛奇兴奋到了不得地叫道，"决不会的。"

"很简单的，钱不够，"年轻的伊凡说，"坐着 Wagon-lit 到矿泉去要一百二十六个卢布，而我手头只有十一个卢布和五十五个哥贝克了。"

"你发疯了，你这呆子!"菲立泼·斯蒂芬诺佛奇咆哮起来，面色涨的绯红，解开了他的外套，"有一万二千卢布呀! 它们到哪里去呢? 这真是废话了!"

"什么都完了，菲立泼·斯蒂芬诺佛奇。或许你还有几个卢布剩下吧?"

他的脸上开始覆上了一阵骇人的红晕，菲立泼·斯蒂芬诺佛奇用颤抖的手握着匣子和他的口袋，但是没有一点儿钱。

"答应我，"他低声地喃喃说，"答应我吧。这是不可能的。钱到哪里去了呢?"

"我们花完了，菲立泼·斯蒂芬诺佛奇。"年轻的伊凡服从地说。

菲立泼·斯蒂芬诺佛奇露着昏乱的眼睛和挂下的牙床，夹鼻眼镜溜下来了，他就歪歪地驾上去，又做着许多手势，他跑到绅士们的存衣室里去，开始翻转了他的口袋。他寻到了一张皱缩又破烂的五卢布纸票，别的什么东西也没有。一阵黏性的冷汗从菲立泼·斯蒂芬诺佛奇的额上渗流出来。他的鼻子变得又尖又硬，像一具死尸鼻子似的。他眼前的一切的东西都变成黄色，而且穿过了肝气上冲的懊恼，好像（看见）水浪淹没了瓦墙。

"悲哀呀，悲哀呀，"菲立泼·斯蒂芬诺佛奇无意识地哼出来，用他的瘦骨嶙嶙的手指抓住了年轻的伊凡的肩膀，"悲哀呀。我们必须计算一下……用去多少钱一算就明白的……等一下……旅馆六十卢布……完全的两套《Pig-Rearing》四百卢布……车票二十卢布……电影十卢布……小账三卢布……给亚里昂虚喀十五卢布……假使事实上是这样子，那么其余的金钱到哪里去了呢？"

"我们必须走了，菲立泼·斯蒂芬诺佛奇。"年轻的伊凡镇静地说。

"为什么要走呢？上哪里去呢？不，你等一下……车票二十卢布……《Pig-Rearing》四百卢布……龙虾七十五卢布……"

"算什么呢？"年轻的伊凡笨拙地服从说，旋转了他的头，"我们必须上莫斯科去。假使我们剩下的钱还够买车票，那么一切事物到了那边之后再算吧。"

"你以为，"菲立泼·斯蒂芬诺佛奇壅着气说，野蛮地四面望望，而在年轻的伊凡眼前，好像看到一个老人的刺一般的灰白的胡髭，开始长在菲立泼·斯蒂芬诺佛奇的脸上了，"你以为我们必须走吗，哎？是的，那是不错的。赶快走吧。到了那里之后，我们要将这件事情一切都安排端正。我们走吧。"

双眼无精打采地凝视着，像拖着一只假装的脚似的弯着身子，菲立泼·斯蒂芬诺佛奇开始烦恼地走向卖票室去。然而，他们上莫斯科去的车费还少两卢布。菲立泼·斯蒂芬诺佛奇在卖票室旁停了一分钟，好像整个天花板压在他身上似的被征服了。接着，他突然被一种疯狂的无意识的力量所抓住，所飞旋。他奔到什么地方打电报去，但半路又停止了，回转来，喃喃地说着什么话，辗转思维着，跑到纷乱的火车站里去寻站长，向脚夫们询问到指挥官在寻阳城，恐吓说他要在书上写下控状来，然后看见了映在餐室的四面镜子里的自己的影子，惊愕到跳开去了。年轻的伊凡跟在他后面跑，扯住他的衣袖，低声说，这是不需要去打电报的，但他们必须在天黑之前到镇上去，在市场上将外套卖掉。被这一切喧扰弄得非常疲乏的菲立泼·斯蒂芬诺佛奇，被年轻的伊凡说服了。他们走出车站，向一个过路的红军士兵问路，不久就到市场上。已经散市的时候了，警察打着唿啸来赶散设摊的人们，一阵寒冷的蒙蒙细雨落下来。夜到临了。到处都照耀着这奇怪的都市的朦胧的光线。几个旧衣商跑出来。冷到了颤抖着的年轻的伊凡拿出他的短外套。旧衣商将外套的里面翻出来看看，拿外套一扬只肯出七十五个哥贝克，后来加到一个卢布，说不会有别人再肯多出钱了，于是就走开了。另一批旧衣商走过来，看看这衣服，讨厌地笑着，将外套折得皱缩，说他们就不花钱也不要这样的东西。这时候，菲立泼·斯蒂芬诺佛奇迅速地拿出他的外套。旧衣商怪聪明地在路灯木下打开外套来，计算着破洞和补丁，说这外套已经穿过许多时，一直弄到他大概已经神志不清，将破烂的衣肘和口袋揪在他的脸上，商量着，于是他们又说这外套的式样已经过时，只能出三个半卢布的价钱。菲立泼·斯蒂芬诺佛奇——但是旧衣商们已经走开去了，连头也不再回过来——跟在他们后面跑，宽弛的鞋底在雨水潭里噼啪地响。他将那外套，那同一件有羔羊皮领的外套，那从前在他时常觉得特别值钱的，坚固的又不朽的，富丽的又雅致的外套，向他们抛过去。

回转来的时候，他们在陌生的街道上迷了路。当他们在将要到来的夜晚徘徊在边街上的时候，他们就向路人询问方向。一阵狂雨落下来，刺骨的冷风从四面吹来。从菲立泼·斯蒂芬诺佛奇的帽上落下水滴。在伊开脱林诺斯荚夫街上，在旅馆与电影院绯红的炫目的灯光下，那从铺道上的水管里涌出来的水，浸透了他们细瘦的长靴。雨伞，雨衣，射着黑色的闪光的车篷。路人们互相碰撞，又说一声诅咒走开了。

"伊赛贝莱！"菲立泼·斯蒂芬诺佛奇突然用一种野蛮的声音叫出来，惊骇地紧紧地偎在会计员身上，"伊赛贝莱，她在那边，我们快跑吧！"

真的，一部驾汽轮盘的车子，在泥浆飞溅的路上追上他们，飞驰过去了。被街灯的白光映照着的车子里，伊赛贝莱戴了她那饰着羽毛的红帽坐在那里，她沉重的身体靠在一个臂下挟着匣子的短小的家伙身上。她用她那青色的雨伞击在车夫背上，高声吩咐他："笔直赶，向右转！我亲爱的，假使你不反对，我们去俄罗斯饭店吧？"她的腮颊生气勃勃地动着，她的耳环在摇摆。她显得可怕的样子。

菲立泼·斯蒂芬诺佛奇将头缩进他的肩膀里去，向一边跳过了水潭，开始尽力向街上跑，扰乱了路人们，而他宽弛的鞋底在路上啪啪地响着。

当他跑过去的时候，立门路里的浪人们都叫着又笑着。看到了他的长腿、皱缩的短衣、盖满了灰尘的夹鼻眼镜和帽边落了下来的帽子，他们都感到快活。年轻的伊凡几乎跟不住他。当跑到车站的时候，菲立泼·斯蒂芬诺佛奇才清醒过来。他颤抖着，一阵发烧的红晕显露在他腮颊上，他的手颤抖着，他的胡髭落下来。他想说话，但他说不出来，他倔强的舌头好像塞满了他的嘴，由这一切所产生的，是一阵可怕的呻吟。

上莫斯科去的火车是早晨开的。他们在三等待车室里消度这夜晚。菲立泼·斯蒂芬诺佛奇坐在一个角落里，蹲伏在一张粗糙的木凳上，一阵令人胸裂的干咳使他透不过气来。他的脑筋好像被一个硬刷子刷过似的；他的牙床紧闭着，好像几乎要挤到他的眼睛里似的；他的眼睛疯狂地睁视着，好像不清楚四围的情形似的。菲立泼·斯蒂芬诺佛奇从胡髭里哼了一整夜不清楚的话。有时他会突然跳过来，用他瘦骨嶙嶙的手指抓住了年轻的伊凡的肩膀，低声说：

"伊赛贝莱……嘘……他在这里……我们跑吧。"

他好像看到了伊赛贝莱戴了她的红帽子，向他走过来。伊赛贝莱恶意地微笑着走尽了车站的全距离，顿顿她的脚，挥挥她的青色的雨伞，说："亲爱的，亲爱的，你上哪儿去，亲爱的？现在付给我赡养费吧，亲爱的！"他去躲在惊吓的会计员后面，浑身颤抖着，拿一个手指摁在他唇上，显着一副羞怯怯的神气低声说：

"嘘……她看不见我了……嘘……我知道她看不见我了！"

有时他的面色会变成和寻常一样的。那时他会整好他的夹鼻眼镜，在咳嗽一阵之后，用一种动人的温柔说道：

"等一等。我们没有将母牛计算在内——母牛一百二十个卢布，龙虾七十五卢布，旅馆六十卢布，水果八卢布……我不知道……"

在拥挤不堪的车子里，他感到十分不舒服，但是他可不能够躺下来的，因为他们只买了座位。他坐着，在这微小的空间里半侧着身子，他的头靠在年轻的伊凡的肩上，他发烧的眼皮半开着，沉重地呼吸，呼吸带着尖啸声从他的胡髭里哼出来。四围都是尖声呼喊着的孩子们，尖声响着篮筐，一只叮当响的茶壶。可以看到一只沉重的钉靴（其中一只粘着一片香肠皮）悬挂在上铺位上，同时烟草的烟雾回旋着又降下来。一盏闪耀在一块 Wired glass（中有金属网线的玻璃）后面的可怜的灯映照着这凄凉的车子。车轮的辘辘声抓住了脑袋，又压在太阳角上。一个穿着宽大的皮外套又戴着烟色眼镜的有胡髭的太太，统治着这一旅行的所有的噩梦，好像用她的康健的丰姿指挥着它又领导着它似的。她是在喀尔珂夫上车子里来，坐在菲立泼·斯蒂芬诺佛奇对面，好像她立刻就塞满了这车厢似的。一个脱了牙齿穿着柳条裤又打着一个蝴蝶结的病血的青年伴着她。他跟着她，骚闹地拖着一只大袋、一把大雨伞和一个叮当响的茶壶。好像在一座山脚下似的，他在她的近旁骚扰着，同时她用她的衣服拭拭污秽的地板，用一种低低的喉音说道：

"不要在我脚下骚扰吧。在座位上坐下来，静静地坐着吧。嘿，矮鬼，看见你就要令人生病的——我真不知道你生来像谁家的烂东西的，上帝原谅我！"

"哎，妈妈！你怎么在陌生人前面表白你自己！他们以为我是什么都不知道的！"

"不要这样大胆地说下去！不要叫我什么妈妈！假使你是合法的，就不会这样坏了，但是你，原谅我，是一个私生子！"

"他，他，"这青年人嗤嗤笑着，戴了他的领结局促着，"同志们，你们必须听听她所说的话。"

"你这话什么意思，不听吗？请原谅我，你们每一个人都请听吧，请听着，为了这没有用的家伙，我怎样连续地被拖到法庭上去，到这第三年。"

这太太恐吓地曲着两臂，向前突出了她的有如一颗心儿的形象似的胸部，从她乌黑的眼镜里直视着菲立泼·斯蒂芬诺佛奇，用同样沉重的声音说道：

"不，每个都请听吧。而你青年人，也听着吧！"于是她向年轻的伊凡的胸口弯转她的手指。"你在那里，在上铺位上，而你们，太太们，每一个人都听我说，为了此地这可怜的家伙，我已经受尽了多少的痛苦，我将它，"——说到这里她的声音颤动起来又提高起来——"我将它，或许是隐藏在心底的。"

于是她用一块大手帕拭拭腮颊，高声地哼着她的鼻子，低声向每个人细诉说她的长长的故事。是这样的——在她青春的时候，她是一个波尔多瓦的鳏夫、一个斯文的农夫、一个退职的骑兵军官名叫波波夫的人的管家婆；他是一个漂亮的流氓。这退职的军官勾引她，于是在一八九六年生下了这儿子。这漂亮的流氓一定不肯讨她，也不肯承认这儿子，也一点儿不留意女管家高贵的生产。她宣誓，一定要复仇，她却继续做着他的管家婆。革命之后，政府收没这退职军官的财产，而任命他做经理。虽然他已经变成一个无足轻重的人，但波波夫仍旧不肯来赎他的旧罪。接着一条关于私生子的 Sovit 的法律批准了。虽然那时候儿子已经三十岁，而且能够防御自己了，但这被勾引的管家婆却一定要上法庭去控告，不肯放弃这诉讼，一直到他们这样判决：承认私生子的三十年，还叫他负担法规上批准的罚金以及讼费。她的讼事从最低法庭一直控告到最高法庭；但她到处都失败了。她曾经上喀尔珂夫去见波得洛夫斯基去，而且在他的待候室里流着眼泪，但他也使她失望。她现在是上莫斯科去见领袖——加立宁。

她的声音不是用一种较低的轰隆的声调，就是用一种较高的音节，像一个乐器似的隆隆响着，而她的整个故事，有如一个有力的又打动人的圣乐。她谈了半天，而当她有时上梳妆室里去的时候，这青年人会向他旁边的人们说道：

"妈妈花了所有钱，真是完全不必要的。我已经长成大人，而且这时候，我在电影工作室里有着一个差使的。"

这位太太整天整夜地谈着，谈到了每一个人都感到极端的乏味。菲立泼·斯蒂芬诺佛奇开始发起烧来了。他的耳朵里响着一种可怕的咚咚声，他的肝脏感到疼痛，他的心怔忡着。野蛮的思想奔驰过他的脑海。这太太的声音像生棉花似的塞进他的耳朵里，使他听不见声音。这太太仿佛浮起来，展开在他眼前的所有的地方。她好像在空中那一朵大花似的灿烂在她头上的饰着羽毛的大红帽，和摇荡在她耳朵里的耳环。

"伊赛贝莱。"菲立泼·斯蒂芬诺佛奇恐怖地低声说，用他汗淋淋的手紧抓着年轻的伊凡。"嘘！"于是可怕的低沉的声音有如一把锤似的敲着他的太阳穴，"……'原谅我，马丹，'他说，'但法律是没有追究往事的效力的。'于是我问：'那么这孩子，他有一种追究往事的效力吗？'所以我要亲自对加立宁说：'同志，一个孩子能追究往事么？不！叫这流氓赔这私生孩子的罚款！'……"

这痛苦一直到早晨才结束。十点钟，他们到莫斯科的车站了。菲立泼·斯蒂芬诺佛奇快要站不住了。年轻的伊凡在苍白的晨光里望着他，怕起来了——他的样子非常可怕啊。他们走出车站，到镇上去。天气严寒，一阵恶风吹着。树木在车站方场上簌簌地响。市镇上的石子的铺路是干燥的。尘灰吹遍了冰冻的铺路。翻起了衣领的市民们匆匆地赶去做事情。电车驰过去了，一部又一部的来了许多货车，运着货物。孩子们都跑过冰冻的泥水潭，跑到学校里去，其中也有戴着风帽的。赶着droskhies（俄国通行的搭客矮车），脚下放着篮筐的路人们，惊异似的凝视着莫斯科街上的群众，那严肃的、几乎阴沉的天空映照着。

“等一等，”菲立泼·斯蒂芬诺佛奇说，仿佛刚从一阵昏晕里清醒过来，于是他开始骚乱起来，装着一副高贵的表情，“等一等。在一切事物之前保守镇静吧。嘘！”于是他通知似的举起了食指。

“现在你，年轻的伊凡……在回家之前，先一直上机关里去……我们今天抽屉里的现金的数目有多少？……无论如何那是不重要的。……我的意思是，你必须留心他们，看看他们没有来捣乱……沉默着，……嘘！不要向任何人说一句话，好像没有任何事情发生似的……你知道了吧？我马上就会来的……我只先上家里去安排一两件事情……你必须做一个报告……这是重要的……嘘！……不要喃喃地说……那么什么事情都会掩藏过去了……母牛一百二十个卢布，龙虾七十五卢布，《Pig-Rearing》四百……至于外套，那是没有关系的，天气比较暖和点儿，没有一件外套我也不会感到天气的寒凉……我要立即上一个裁缝那里去定一件新外套。只要想一想，没有一件外套，我倒觉得比有一件外套更好点儿……倘若你将衣领翻起来，什么事情都如意了。所以你必须去，我要安排一切事情……你要信任我……我十二点钟就来……等到那辰光吧……"

年轻的伊凡忧伤地帮着菲立泼·斯蒂芬诺佛奇坐进马车去。菲立泼·斯蒂芬诺佛奇翻上了他的短衫领头，再在前面捏着领头，赶着马车去了，跟着他浅蓝色的鼻子向前滚去了。

"最重要的是镇静！不要惊惶！嘘！那么一切事情都会不糟……你要信任我……我要立即安排好事情……"他用一种劝诱的声音自语着，一面自己赶着车子去了。"我马上要将什么事情都做好。原谅我，今天是什么日子？……伊赛贝莱……没有一个哥贝克……"于是他在车夫后面狡猾地伸出了他的舌头。

年轻的伊凡漠然地站着看他赶开去，过了好一会儿，然后思索了一会儿，回转身，用他的脚擦着地面，走向 M. U. U. R. 去了。

十二

沉重地呼吸着，菲立泼·斯蒂芬诺佛奇蹒跚地走上了楼梯，在三层楼的他的寓所门外，停住了脚步。于是他愤怒地咳嗽着，整整他的衣服，擦擦他的两手，后来终于拉了四次门铃。有人喧闹地从房门另一边跑过穿堂，接着是沉默了。房门是打开了。

"菲尔，我顶亲爱的菲尔，亲爱的人。"一个呜咽着的妇人的声音喊了出来，接着这妻子倒在她的丈夫的肩上了。

假装着一副勇敢的神气，还咳嗽着，菲立泼·斯蒂芬诺佛奇走进客堂里去了。

"我在这里，耶宁诺奇喀。"他颇匆促地说，伸出了他的两臂。

她离开了他的肩头，不稳定地向后移动着。

"我的上帝呀，我的上帝呀，"她低语着，惊惶地扭着双手，"亲爱的菲尔——你是处在怎样一种情况里呀。没有厚底鞋！你的外套到哪里去了呢？多可怕呀！他们正在搜索你，他们到这里来找过你。我的上帝呀，现在怎么办呢！什么东西都卖去了。沙伊喀出去洗濯去了。我们已经没有好吃的东西。我是快要发疯了。"

"在一切事情之前，要镇静。"菲立泼·斯蒂芬诺佛奇傲然地从他的鼻子里哼出来，"一切事情都会安排好的。年轻的伊凡已经上那里去了。"

他神秘地举起了手指，用他昏迷的眼睛四面望望。邻人们在穿堂里从门后偷窥着。但菲立泼·斯蒂芬诺佛奇不去注意他们，装着一副煞有介事的样子走进他的寓所里了。

在食堂的角落里，有一部缝纫机放在那里，此外是空无所有的穷困了。窗上已经没有帘幕，也没有灯挂在桌子的上面。但是菲立泼·斯蒂芬诺佛奇一点儿也不注意这情形。他是被一种狂热的活泼所毁坏了。

在窗框上坐着哥尔喀，他尽力地咬着手，企图将眼泪赶回去；他的眼泪由羞耻而变成红的，他的眼睛由号叫而变成红的了。他绝望地凝视着一个 Loud-Speaker，这是他在菲立泼·斯蒂芬诺佛奇离家的时候用瓶子做成的。从这 Loud-Speaker 里传来了一种平常严厉的说话声，审慎地发出音来……"加逗点，我们贡献给劳工的国家，加逗点，省区和地方去公式化这样的法规……同时乡村的工作状况必须考察的，加终点。第二行。当起草这些法规的时候，加逗点……"

"听我说，尼科拉，"菲立泼·斯蒂芬诺佛奇说，"那一切都是胡说。我们必须立即着手做一个报告。拿一张纸和一支笔来，立即将它写下来。你必须帮助你的父亲。我立即将各种事情系统地叙述给你听，然后你将它抄下来。顶要紧是——镇静。写吧，写吧，……"

菲立泼·斯蒂芬诺佛奇开始在桌子四周奔跑着，好像帽子是在他手里而臂下挟着他的匣子似的。他野蛮地做着手势又喃喃说着：

"现在写吧！火车票八十五卢布，小账三卢布，马车夫十七卢布，龙虾七十五卢布，《Pig-Rearing》四百卢布，母牛一百二十卢布……写吧，写吧，我们要立即将一切事情都弄端正。年轻的伊凡已经在那边，所以最要紧的事情是快点儿。"

他的妻子站在门路里，默默地扭着她的两手。哥尔喀坐在窗框上，尽力地用头紧贴在窗玻璃上。菲立泼·斯蒂芬诺佛奇继续在窗内奔跑着，颠蹶在家具边角上，他扭着两手又喃喃着：

"写吧，写吧……但等一等，这一切都是废话。现在我上哪里去停留呢？悲哀呀……但是那代表结果是一个拐子。你的感想怎样？唉，唉；我拿出八来，他是九……"

菲立泼·斯蒂芬诺佛奇笑了，这是一阵干燥的粗野的笑，所以自己的笑突然使他怕起来。他清醒过来了，用他那已经更加敏感的眼睛四面望望，好像畏缩起来了。他的面孔变成蓝色的。他衰弱地用手指摸着他的长项颈。

"耶宁诺奇喀，"他用高音说着，"耶宁诺奇喀，我感到不舒服。"

"菲尔，亲爱的人！"

他用手臂去围住她宽阔的肩膀，将身体倚在她肩上，走到床上躺下，他的牙齿喋喋不休地响着。

他们在黄昏将他拿走了。

是三月初的时候，大约下午四点钟，这两个男人被卫兵从莫斯科法院的门路里押着出来。这是晴朗的寒凉的一天。年轻的伊凡翻上领头，两手插在他的外套的口袋里，艰步着；他是在旁边，可是还在菲立泼·斯蒂芬诺佛奇前面一点儿路，菲立泼·斯蒂芬诺佛奇快要不能够和他并行，在卵石子上颠蹶着。刺骨的空气困住他们的呼吸。耶宁诺奇喀和沙伊喀等在街上看菲立泼·斯蒂芬诺佛奇出现。当他被带了出来，押到街道中央的时候，她们立刻就开始沿着铺路的旁边跑去，避过雪堆，溜在光滑的地方。

菲立泼·斯蒂芬诺佛奇穿着一件褴褛的女人的坎肩，他的头像女人头似的用一块头巾包着，在后面打好一个结子。他的皮帽子、他的鼻子和他的胡髭都凸出在头巾外面。一瓶淡蓝色的牛乳装在一只网袋里，在他的手里摇荡着。

既不看，也不留意他周围的一切，他走着路，有如一个老头子似的向前颠蹶着，扭着他的脚，又小步走着，好像他的腿是木头做的，装在他弯曲的膝踝上。

太阳沉到蓝色的屋顶后面了。绯红色的皎洁的天空映照这修道院的钟楼后面。从林荫路上的树木的白色枝柯落下霜来。松脆的雪在他们的脚步下叫着又爆响着。小心的人们从一家屋顶上铲下雪来。冰片从屋顶的凹槽里落下，在空中碎成了白纽带似的碎片，落到下面铺路上的蓝色的灰尘里。电车轨道的铁轨有如刀刃似的闪耀在转弯的地方。一群工兵打着鼓在路上走过了。穿着皮短衫的工人们顿着一只脚，然后又顿着另一只脚，而且互相掷着雪球。在林荫路下，人可以瞥见红色的披肩和面孔。在一部电车的平台上，有人运着 Skis。疏疏的糖果粘在一家糖果店冰晶的窗上。可以听到一班黄铜乐器音乐队不定的歌声，从一条边街里引向 Partriach ponds 去。一弯蛾眉新月升在都市上；一个男人已经将一架望远镜放在普希金纪念碑附近的地方。红的，蓝的，青的，一群群的玩耍的氢气球，飘翔在群众头上，它们清丽的颜色使人们的眼睛获得愉快。都市好像在做着律动的清爽的呼吸。

这一对同志走到 Tverskaya 街的角落里，看见了尼克泰。

他从林荫路的围墙后面向他们跑过去，顿顿头，又做着暗号。年轻的伊凡从口袋里抽出手，偷偷地向尼克泰伸出了五个手指——五年（监禁）。

尼克泰悲戚起来，同情地摇摇头。"五年，我说，啊，啊。"于是，好像第一次似的，好像在梦中似的，年轻的伊凡懂得生命与青春的真正意义了，因为它是移动在他的四周。

五年——于是他开始想到五年以后出狱而恢复自由的那一个惊异的，奇怪的又不可避免的日子！

想到了这日子，他又微笑起来，于是旋转身子，看到两个女人跟着他们在铺路的边上跑：一个是肥胖的，兴奋的，用一块手绢拭着她的面孔；另一个是年轻的，苗条的，戴着一顶小小的橘色的织帽，穿着一件可怜的蓝色的外套，没有穿厚底鞋，冻僵的、秀丽的头发里有着一丛丛斑白的头发，眼泪流在她发烧的腮颊上，一面就凝冻起来了。

地下室手记　　　[俄国] 陀思妥耶夫斯基 著 / 洪灵菲 译

赌徒　　[俄国] 陀思妥耶夫斯基 著 / 洪灵菲 译

盗用公款的人们　　　[苏联] 卡泰耶夫 著 / 小莹 译

在人间　　[苏联] 高尔基 著 / 王季愚 译

我的大学　　[苏联] 高尔基 著 / 杜畏之　蔂心 译

赤恋　　[苏联] 柯伦泰 著 / 温生民 译

夏伯阳　　[苏联] 富曼诺夫 著 / 郭定一 译

被开垦的处女地　　　[苏联] 肖洛霍夫 著 / 立波 译

大学生私生活　　　[苏联] 顾米列夫斯基 著 / 周起应　立波 译

叶甫盖尼·奥涅金　　　[俄国] 普希金 著 / 吕荧 译

盲乐师　　[俄国] 柯罗连科 著 / 张亚权 译

家事　　[苏联] 高尔基 著 / 耿济之 译

我的童年　　[苏联] 高尔基 著 / 姚蓬子 译

贵族之家　　[俄国] 屠格涅夫 著 / 丽尼 译

毁灭　　[苏联] 法捷耶夫 著 / 鲁迅 译

十月　　[苏联] A. 雅各武莱夫 著 / 鲁迅 译

安娜·卡列尼娜　　　[俄国] 列夫·托尔斯泰 著 / 周笕　罗稷南 译

克里·萨木金的一生　　　[苏联] 高尔基 著 / 罗稷南 译

对马　　[苏联] 普里波伊 著 / 梅益 译

暴风雨所诞生的　　　[苏联] 奥斯特洛夫斯基 著 / 王语今　孙广英 译

猎人日记　　[俄国] 屠格涅夫 著 / 耿济之 译

上尉的女儿　　[俄国] 普希金 著 / 孙用 译

被侮辱与损害的　　　[俄国] 陀思妥耶夫斯基 著 / 李霁野 译

复活　　[俄国] 列夫·托尔斯泰 著 / 高植 译

幼年·少年·青年　　　[俄国] 列夫·托尔斯泰 著 / 高植 译

烟　　[俄国] 屠格涅夫 著 / 陆蠡 译

母亲　　[苏联] 高尔基 著 / 沈端先 译